Un kilómetro de mar

Title: Un kilómetro de mar

ISBN-10: 1940075157
ISBN-13: 978-1-940075-15-0

Design: © Ana Paola González
Cover & Image: © Jhon Aguasaco
Author's photo by: © Carlos Sánchez
Editor in chief: Carlos Aguasaco
E-mail: carlos@artepoetica.com
Mail: 38-38 215 Place, Bayside, NY 11361, USA.

José Acosta

Un kilómetro de mar

artepoética
press

Nueva york, 2014

Una higuera quiero ser / para regarte la piel
un espejo de algodón / florido.
Un kilómetro de mar, ay / un pellejo de acordeón
para entonar una canción / contigo.

Juan Luis Guerra

Así como tu vida la arruinaste aquí
en este rincón pequeño, en toda la tierra la destruiste.

Constantino Cavafis

I

Mientras sentía en el pecho la frialdad del piso de cemento y soportaba en la espalda los correazos de su madre con una quietud resignada, Juan Robles pensó por un instante en el método de domar caballos de Roger McGregor; el cielo encapotado, relámpagos arañando la lejanía, y el potro, la cabeza atada al tronco de una encina, tras la andanada de coces y bufidos con que el castigo le vaciaba la furia de los músculos, aceptaba ahora los latigazos del vaquero con leves movimientos de cabeza, piafando, sumiso. «No lloras —dijo la madre—; conque ya te crees un hombre».

El último correazo, descargado casi con miedo ante el temple del azotado, se reprodujo en ecos en algún rincón de la casa, y continuó sonando en la mente del muchacho, instalándose allí para siempre como una hendidura tenebrosa en el muro de su adolescencia. Thelma Santiago, de una estatura que la haría sobresalir en una multitud, las mejillas secas bajo unos ojos grandes, almendrados, donde ahora se reflejaba la bombilla, se dejó caer en el sofá de la pequeña sala, la mano izquierda en la frente sudorosa y la derecha soltando lentamente la correa, según se le desvanecía el enojo.

—¡Como castigo, no vas con nosotras a ver a tu padre!

El muchacho se retorció adolorido mientras se ponía de pie. Con pasos indecisos se perdió tras la cortina de la puerta, camino a su habitación, y evaluó las magulladuras de la espalda con ambas manos, encorvando la cabeza hacia la oscuridad. Encendió la bombilla y ante él apareció la figura esbelta de su hermana, blanca como una vela, con una bata de paño rosado que, ceñida al busto, bajaba en cascada hasta las rodillas. Acababa de entrar en la adolescencia y aún se embutía en la ropa de dormir de la niñez.

—Te lo advertí, Juancito —le susurró, con la voz alterada por el miedo. El muchacho mostró su enfado empujándola hacia la sala, y le gruñó con el tono tímido pero desafiante con que los perros ladran a las tinieblas. «No te metas conmigo, Teresa».

Se quitó los pantalones, apagó la bombilla y entró en la cama. Sentía en las sienes las palpitaciones del corazón y un olor manso, como de gato dormido, le dulcificó la frente. La luz de la lámpara de la sala, perforando la cortina, llenaba el cuarto de un resplandor rojizo, nebuloso. El muchacho pensó en la atmósfera del *saloon* de Mary, la lluvia rastrillando las ventanas y Roger McGregor pensativo, mirando el vaso de whisky como si fuese el último que tomaría en la vida. La cortina se plegó por un extremo, y casi enseguida vislumbró la silueta de su madre devorada por la luz. Cerró los ojos, escuchó unos pasos y sintió luego una mano acariciándole la espalda. Un olor penetrante a ungüento mentolado invadió sus pulmones, y, soñoliento, le pareció que unas cintas blancas, como racimos de agua tibia, envolvían su cuerpo con la ternura con que las nubes envuelven el sol.

—Estaremos unos días en casa de tu abuela —dijo la mujer mientras taponaba el estuche de mentol—. Hablaré con don Anselmo para que te cuide y te dé de comer.

Los pasos y el cuchicheo de las mujeres lo despertaron a esa hora de la madrugada en que los gallos, por el ruidoso batir de alas que generan antes de cantar, parece que armaran de golpe el complicado dispositivo de que están hechos. No bien penetró por las rendijas de las persianas el albor del amanecer, escuchó que cerraban una puerta y un momento después el tintineo con que las mujeres aplicaban la cadena a la verja de hierro forjado del frente de la vivienda.

El silencio de la casa vacía lo llenó de regocijo. Se desperezó y saltó de la cama impulsado por el deseo perentorio de usar el excusado. Cuando salió, se detuvo un momento ante el armario, construido con un triángulo de madera incrustada en una esquina del cuarto, de donde colgaba la ropa, cubierto por una cortina de lona gris, ya hecha pasto de las polillas. De niño, cuando algún incidente perturbaba la armonía de la casa, él solía esconderse tras esa cortina, escapar del ambiente opresivo de la vivienda, resguardarse de aquello que amenazaba con destruirlo todo.

Aguijoneado por la soledad que amenazaba con beberse la alegría de saberse dueño y señor de la casa, descorrió el telón de lona, entró en el armario y se sentó en cuclillas en el piso, sobre un desorden de zapatos deslustrados y cajas arrugadas. El antiguo olor permanecía allí, intacto; el olor de un mundo protector, oscuro y preciado donde los gritos de los adultos no lograban hacerle daño. Cerró los ojos; el crujido del techo recibiendo el calor de la mañana, el gorgoteo de un grifo, unos pasos y una voz desde la calle, llamándolo. "Es Edy", se alegró y salió del armario como si escapara de un sueño.

—Salte del sol —gritó al abrir la persiana y recibir el golpe del día en el entrecejo. Entre la verja y la fachada crecía un jardincillo de violetas y claveles amarillos, presidido por una trinitaria que, por el tamaño que había ganado con los años, para protegerla del viento, tenía el tronco atado con alambre al tubo de desagüe que salía del alero de cemento de la fachada y, en varios extremos, a las rejas de la galería, un cuadrado luminoso en la mañana y oscuro en la tarde, conforme fuera caminando el sol. Edy Polanco era una silueta delgada recortada contra la planicie que se abría del otro lado de la calle, salpicada de casas de bloques de cemento, algunas en obra, donde varios años antes se extendía un campo de béisbol.

—Me voy —dijo Edy bajando el rostro, con las manos apoyadas en la verja.

—¡A Nueva York! —exclamó sorprendido Juan Robles—. ¿No era a fin de año que tus padres vendrían por ti?

Edy Polanco sonrió.

—Voy a las montañas, ya sabes, Jota.

—¿A conocer el mar? —se rió Juan Robles—. Pero la Vitilla te dijo que camino al aeropuerto...

—Ya lo sé. Pero desde que salimos de vacaciones de la escuela, la idea no me deja dormir. Si no me visan tendré que esperar un año más. Total, ¿cuántas horas hay que caminar? ¿Seis, siete? Yo caminaría todo un día para satisfacer mi sueño de ver el mar.

—Es el sueño más tonto que he escuchado en toda mi vida. Ver el cielo y ver el mar es lo mismo, ya te lo dijo la Vitilla. Sólo que el mar está vivo.

—¿Vienes o te quedas?

Juan Robles se quedó pensativo. «Espera un minuto», dijo y desapareció de la persiana. Edy Polanco se entretuvo un momento desprendiendo la pintura desconchada de la verja con sus dedos largos, de uñas bien cuidadas. Su pecho hundido, sus pómulos salientes y su barriga plana daban a su cuerpo la forma de un estuche a medio llenar. Juan Robles y sus compañeros de la escuela afirmaban que tenía una delgadez engañosa, pues detrás de aquella apariencia enfermiza y delicada, ocultaba una energía y una vitalidad que eran la envidia en las competencias de atletismo, en las cuales todos los años se alzaba con varias medallas. Era el mayor de cinco hermanos, cada uno de los cuales, con los años, sus padres fueron arrancando del seno de la vivienda como racimos de uvas en tiempos de vendimia, para llevarlos a Nueva York. Ese año, como la cosecha llegaba hasta Edy, sus padres habían puesto la casa en venta, levantada en un inmenso solar cerca de la de los Robles.

La puerta se abrió y Juan Robles salió restregándose los ojos con los puños, vestido con una camiseta blanca, estrujada pero limpia, unos jeans y unas botas de piel amarilla, de tacones desgastados. Le dirigió una mirada vacía a Edy, y cuando sus ojos se acostumbraron al resplandor solar, colocó una bolsa plástica en el muro de la galería y fue a asegurarse de que la puerta estuviera cerrada.

—Agárrame eso ahí —dijo al llegar a la verja.

Edy Polanco tomó la bolsa con visible curiosidad. La abrió mientras escuchaba a su amigo luchar con el candado, y la cerró luego con un gesto de desencanto.

—¡Novelitas de vaqueros! —lamentó, devolviéndole el paquete a su amigo—. Ese vicio te va a secar el cerebro, Jota. Cuando yo era adicto a la lectura de esos libritos, en mi mente siempre había un jodido vaquero sacando su "Colt" a diestra y siniestra...

—No me vengas otra vez con la misma vaina, Edy —lo cortó—. Tú sabes que después de una buena paja, eso es lo que más me agrada en este mundo. Te voy a acompañar —agregó, mirándolo a la cara con severidad—, pero me tienes que prometer que irás conmigo a la casa del Manchao, el día que decida matarlo.

El rostro de Edy se ensombreció.

—¿Ya conseguiste la dirección?

—Reinaldo, el tabarrón, me trazó un mapa. Un poco

11

complicado, pero no creo que sea difícil localizarla. Luego te lo mostraré.

Los muchachos se encaminaron sonrientes por la calle cascajosa, manchada por trozos de pavimento semejantes a fichas de un rompecabezas desordenado. A la izquierda, casas en obra, que en las tardes servían de escondites para los juegos de la chiquillería. La calle terminaba en un arroyuelo maloliente, invadido de lilas y renacuajos. Hacia el oeste, el arroyuelo demarcaba la frontera entre el barrio y un pastizal extendido como un mar hasta la cordillera, salpicado de plantaciones de tabaco. Edy Polanco llevaba una mochila abultada de cuyos tirantes se aferraba al caminar, con la inquietud con que los niños se aferran a los barrotes de una montaña rusa. Al llegar a la esquina de la calle Cero, bajaron hasta el arroyo y lo vadearon, haciendo equilibrio sobre unos neumáticos gigantescos de tractor. Con el peso de sus pasos los neumáticos se sumergían un poco, tomaban un trago de agua en sus grandes bocas y luego emergían y escupían el líquido con una exhalación animal.

Del otro lado, heces humanas hirvientes de moscardones, y un caminito que entre cardillos y cambrones subía zigzagueante hacia la carretera Jacagua. Mientras ganaban altura, Juan Robles advirtió un ruido de hélices y al mirar el cielo exclamó, emocionado: «¡Están tirando papeles!», y se echó a correr, azuzando a su amigo que, entusiasmado, se ajustó la mochila y aceleró el paso tratando de no quedarse a la zaga. De una avioneta lanzaban nubes de volantes publicitarios, que caían del cielo como mariposas muertas. Los muchachos atravesaron la avenida sorteando el tránsito, saltaron una alambrada de espino de postes desportillados, y corrieron embriagados de alegría a cazar los panfletos que ya empezaban a posarse sobre los arbustos como adornos de Navidad. Los volantes tenían la foto de Joaquín Balaguer, Presidente, con el símbolo del Partido Reformista: un gallo "colorao". Pero los muchachos apenas reparaban en ello. Cuando eventualmente la campaña de Balaguer tiraba aquellos panfletos, los niños del barrio corrían en estampida en pos de la nube y a veces hasta se iban a los puños por disputarse un volante. Luego de la barrida, se sentaban en una especie de círculo ritual y empezaban a contar. El premio al que recogía más papeles era la satisfacción de haber vencido a los demás. Una vez determinado el ganador, enrollaban el rostro del presidente en forma de pelota y empezaba la guerra, una guerra loca y sin cuartel donde todos eran enemigos, un exterminio que los regresaba al barrio extenuados, delirantes, sudorosos.

—Acuérdate del mar —gritó Edy al ver a su amigo saltando como una gacela entre los arbustos, con las manos erizadas de papeles. Juan no respondió. En su desenfreno pueril había tirado cerca de la alambrada la funda de novelitas *western* de don Anselmo. Poco tiempo pasó para que un grupo de muchachos entrara al ruedo a participar del juego. Uno de ellos, del barrio Libertad, apodado Fofó, encontró la bolsa y, sacando los libritos con ilustraciones de vaqueros armas en mano, empezó a vocear su descubrimiento con entusiastas interjecciones, mostrando el manojo de su hallazgo a sus compañeros. Edy, que se hallaba cerca de Fofó, lo previno. El muchacho, rodeado de sus amigos, se envalentonó. Devolvió los libritos a la funda, la enrolló y se la metió al cinto como un revólver.

—¡Tú no me conoces, buena mierda! —gritó—. ¡Vete de aquí si no quieres que te dé dos trompá!

Edy bajó el rostro y gesticuló negativamente, no por miedo a la manada de muchachos que, tensos, parecían esperar la mínima señal para correr en estampida contra él, sino a lo que Juan Robles podría desencadenar. En sus años de correrías juntos, nunca lo vio arredrarse ante ninguna adversidad o peligro, aunque el sentido común le advirtiera que llevaba las de perder.

El muchacho era a veces de una imprudencia temeraria. Así que, cuando lo vio acercarse con pasos decididos por entre la maleza, soltando con furia la propaganda proselitista de Balaguer, Edy miró las montañas que deseaba escalar y le pareció que, a cada paso de Jota, el pico Diego de Ocampo y sus estribaciones se alejaban, tornándose más azules, más inalcanzables.

—¿Quién tiene mis novelitas?

Fofó titubeó por un instante, impresionado por el vozarrón del muchacho, en cuyo rostro no vislumbró la más mínima señal de miedo. Sus compañeros se cerraron en torno a él como un puño, devolviéndole la confianza. En los segundos de inquietud que se crearon entre aquel extraño Sansón y aquellos filisteos, Edy, parado entre su amigo y la pandilla de Fofó, intentó la vía diplomática para zanjar el asunto.

—Jota, menciona los títulos de las novelitas para que los muchachos se convenzan de que son tuyas.

Juan Robles, con las manos cruzadas sobre el pecho, los pectorales contraídos hasta sentir los hincones, apretados los puños percibió cómo Roger McGregor apartaba al Sheriff de un sacudón, y desenfundaba su Colt a una velocidad vertiginosa. A Fofó no le dio tiempo de defenderse. Cayó de rodillas, fulminado por un puñetazo en el ojo izquierdo, y así se quedó, como rezando, mientras veía el reflejo de una mano despojándolo del envoltorio que atenazaba en la cintura. El puño de muchachos se abrió, dando un paso atrás. Uno de ellos lanzó una patada loca que logró alcanzar a Jota en el hombro derecho, en el momento en que revisaba a Fofó, pero el karateca bisoño perdió el equilibrio y cayó a los pies de su contendiente. Juan Robles tomó al muchacho por los pies y lo arrastró como un tronco por entre los cardillos. Sus adversarios lo siguieron, gritándole palabrotas. Era una jauría amenazante, pero intimidada. Edy los azuzaba por un costado, gritando incoherencias, mostrándole los puños. Cuando el muchacho, al ver que lo arrastraban hacia la alambrada de púas, empezó a llorar y a llamar a su mamá, Juan Robles lo soltó de repente y lo ayudó a levantarse. El muchacho gimoteaba, estrujándose los ojos, mientras Jota, ante el asombro de la pandilla que ahora guardaba un silencio ceremonioso, le desprendía los cardillos adheridos a la camisa, y lo consolaba diciéndole que aquella había sido una buena patada, que si él había recibido lecciones de artes marciales, que si iba los domingos al cine Luna a ver las películas de Bruce Lee.

El quiosco de periódicos de don Anselmo era un minibús sostenido sobre bloques de cemento, del cual, como un animal prehistórico, apenas quedaban pellejo y osamenta, fosilizado a un costado de la avenida Central, a unos pasos de la rotonda del barrio Libertad. Era una zona comercial muy concurrida que desde octubre se poblaba de estanquillos de ventas de manzanas y otras frutas exóticas para un país de plátano, caña y coco, importadas acaso para dejar en el paladar de los criollos la existencia de otro mundo más próspero. Dentro del cascarón del minibús, adosadas a las paredes sobre tramos y encima de una mesa larga y delgada, en un orden caótico y colorido que en vez de repulsión atraía como un imán a los transeúntes, estaban las revistas que iban desde el *Pato Donald* hasta *Kalimán*, desde *Mecánica Popular* hasta *Luz*, con su portada erótica y su lista de consejos para mejorar la vida conyugal.

Las revistas pornográficas las guardaba en un baúl, debajo de la mesa, con el celo con que se esconde un tesoro. Edy Polanco y Juan Robles —quien, con el favor de la madre, ayudaba a don Anselmo todas las tardes al salir de la escuela—, a la menor ausencia del comerciante, sustraían varios ejemplares del tesoro y cada uno por su lado, aceleradas las palpitaciones, casi sin aliento, hojeaban el manjar, embebidos, hipnotizados. Cuando por casualidad don Anselmo los descubría, con una risita burlona, comprensivo, solía alentarlos: «Graben, muchachos, graben para la paja».

Aunque perfumado por el bálsamo del saber, la Vitilla, como apodaban a don Anselmo, se acercaba a los libros con la precaución con que el ladrón entra por las ventanas. El conocimiento de asuntos trascendentales lo deprimía hasta el abatimiento. En una ocasión, incluso, llegó a internarse en su cuarto, en silencio, con la mirada perdida. Había descubierto que el sol, convertido en una gigante roja, desaparecería destruyendo consigo al planeta Tierra. «Estoy de luto por la raza humana», le decía a quienes trataban de entrarlo en razón. Pero en cuanto asimiló que el cataclismo ocurriría dentro de cinco mil millones de años, se paró de la cama, comió abundantemente y se regaló una semana de parranda, "por si las moscas".

El comercio en el puesto se hacía tipo buffet: el cliente pasaba por la mesa y los tramos, tomaba el producto y pagaba al fondo, donde don Anselmo había sustituido los asientos delanteros del cacharro por una especie de cubículo con mostrador y una caja registradora de manivela, que a cada cálculo amenazaba con desarmarse, emitiendo unos crujidos de engranajes desacoplados. A la escasa luz del negocio, por una suerte de ilusión óptica debida, acaso, al embotamiento de los sentidos ante aquel mundo enmarañado de imágenes y letras, la estatura de don Anselmo parecía normal, pero desde que ponía un pie fuera, quien lo miraba tenía la sensación de haberse quitado unos espejuelos de miope. Don Anselmo, de golpe, se convertía en una figura escuálida, menuda, de estatura tan esmirriada que muchos clientes, confundidos con aquel cambio de estado, se sentían timados, como si el producto recién adquirido de aquel hombrecito perdiera de golpe sus atributos, como si el vendedor afectara su calidad.

Pasadas las festividades —durante las cuales el comerciante lavaba oro incursionando en el negocio de las frutas—, don Anselmo, siguiendo una tradición transmitida de padre a hijo, con la anuencia de Ramona, su mujer (quien afirmaba que quien se acostara con la Vitilla sería capaz de acostarse con un perro, yo porque me dejé llenar de muchachos), se iba de parranda; se emborrachaba de barra en barra, pernoctaba donde lo abandonara la noche, desaparecía de su rutina diaria por unas semanas con el desbarajuste con que los ríos a veces se salen del curso de su destino.

Durante la escapada, el caos del minibús llegaba al paroxismo, con los cinco hijos de don Anselmo saltando por los rincones y Ramona gritando de tal modo que los compradores, en vez de una librería, se llevaban la impresión de haber entrado a un coliseo gallístico. La estatura de la mujer doblaba la de su marido y en los escasos meses en que no se le notaba el embarazo (la Vitilla decía que las mujeres son como los vehículos: para que anden contigo hay que mantenerles el tanque lleno) su cuerpo llegaba a adquirir una esbeltez que rayaba en lo impúdico y una cierta elegancia desgastada. Era dueña de un semblante engañoso —como constantemente afirmaba don Anselmo—, respecto a lo cual decía que la nariz de su mujer era un muro que separaba un jardín de un caserón en ruinas. El jardín eran unos ojos enormes, de un verde claro, y una frente poco dada a enfurruñarse, que destilaba paz y juventud. El caserón en ruinas era la boca, de dientes tan pronunciados que semejaban un protector de dentadura. Por el empeño incesante de taparlos, el labio inferior de Ramona temblaba plegado como un abanico de mano y la tensión le llenaba de hoyuelos la barbilla. «Eres linda cuando piensas», solía decirle don Anselmo cuando la veía ensimismada, sin su habitual gesto de inquietud.

Terminada la parranda, la Vitilla regresaba al curso de su vida con el ego engrandecido con que los generales retornan victoriosos del campo de batalla; hablaba durísimo y mandaba a la mierda al más bonito, rompía platos contra las paredes y ponía unos discos de Los Panchos y Los Matamoros a todo volumen. «¡Llegó el hombre de la casa, coño!», gritaba en medio de la sala, sacudiendo los cimientos de la vivienda, una casita de dos cuartos de dormir, mitad bloques de cemento, mitad madera, levantada peso a peso en una callejuela del barrio Libertad, no muy lejos de su negocio. Ramona, cuando lo veía llegar, generalmente no lo reconocía. Sabía que el hombrecito agrandado por los gritos en la sala era su marido, pero en su mente no lograba asociarlo de inmediato con don Anselmo, el humilde y afectuoso comerciante del puesto de periódicos. Recogía a los niños y, para ponerlos a salvo de un peligro que ella creía inminente, se trancaba con ellos bajo llave en la habitación principal. Después de la tempestad, Ramona iba a la sala, apagaba el tocadiscos, cargaba en su regazo a su marido ya apaciguado por el sueño, y lo acostaba en la habitación secundaria, donde lo abandonaba por unos días, en estado de cuarentena, "porque sabrá Dios qué vaina te habrán pegado las putas, desgraciado".

Retomaron la avenida, camino a la rotonda. Llegaron al quiosco de periódicos lanzando puñetazos y patadas al aire, contándose a gritos los pormenores de la pelea, interrumpiéndose el uno al otro como cuando salían del cine de ver películas de artes marciales. Entraron en el negocio con la curiosidad insaciable de los niños. Hojearon revistas, revisaron portadas; Jota señalaba las novedades y Edy vociferaba por su lado algunos de los titulares. Don Anselmo, una vez que los muchachos agotaron el eterno ritual de asombro ante la mesa, con su carita sonriente, los saludó:

—Los perros rompieron la cadena y andan locos de libertad. Supongo que habrás venido a ayudarme, Juancito.

—¿Hoy domingo? —se quejó el muchacho—. Sólo he

venido a devolver las novelitas. Voy a pasarme el día en casa de Edy.

Don Anselmo salió del cubículo con aire sombrío y lo amonestó.

—Supe lo del puñal. Tu madre pasó por casa esta mañana.

—¡El puñal! —exclamó Edy y cerró el almanaque Bristol de ese año, cuya historieta había empezado a disfrutar—. ¿Te lo encontraron? ¡Yo te lo advertí!

La Vitilla mandó a callar a Edy con un gesto de la mano.

—El monstruo, aquel que no te dejaba dormir, ¿recuerdas?, ya ha cargado con buena parte de tu niñez y ahora amenaza con joderte la juventud. —Don Anselmo hizo un espacio encima de la mesa, se sentó en ella de un saltito y empezó a agitar nerviosamente los pies—. ¿Qué te aconsejó la Vitilla aquella vez? Que lo enfrentaras, que lo invitaras a hablar contigo como a un hermano.

Don Anselmo se quedó pensativo, al tiempo que armaba en su cabeza uno de esos recuerdos perdidos en el pasado, que muchas veces afloran erizados de espinas. Brumas se posaron en el rostro de Roger McGregor —pensó Juan Robles—, al escuchar la noticia de labios del Sheriff. Dos forajidos acaban de robar la diligencia. La Vitilla se tiró de la mesa apoyándose con las manos, al ver a un hombre con un niño de mano entrar al negocio. Agarró a los muchachos por los antebrazos, como se agarran los ciegos de su lazarillo, y los llevó hasta detrás del mostrador, a través de una puertita colocada en el extremo opuesto de la registradora. «Ahí abajo hay avena y pan de agua. Desayúnense».

—¿Ahumada? —preguntó Juan Robles, contento con la noticia.

—Como te la prepara Ramona —respondió.

Edy se sacó la mochila, la colocó encima del mostrador, y se unió a la comilona. Cuando el cliente se marchó cargando con un cómic de Condorito y un periódico Listín Diario, la Vitilla, acomodado en su silla plegadiza detrás de la caja, volvió a alojarse en otro silencio, grave el semblante.

—Una vez —dijo de pronto, en tono quejumbroso, apagado— mi madre y yo estábamos solos en la cocina de casa, en Los Montones, escuchando una radionovela. Yo tendría unos seis años y ella aún podía cortar leña con un hacha. Debió de ser muy aburrida la transmisión porque cuando en el capítulo de ese día una mujer asesinó a alguien, asfixiándolo con una almohada, mi madre, sin considerar el efecto pernicioso que su reacción pudiera producir en el niño, alabó la acción, exclamando alegremente que por fin, en la novela, habían matado a alguien. —Don Anselmo miró a los muchachos con la mirada perdida de quien contempla un horizonte lejano—. Estoy seguro de que ella ni siquiera llegó a reparar en ese momento de su vida, pero yo, en cambio, jamás lo pude olvidar. La imagen de mi madre alegrándose por un homicidio me caló hasta el alma, y desde ese instante empezó a perseguirme. Podía sentir sus dientes a mis plantas. Yo huía sin descanso, evitaba aquel recuerdo porque creía que el monstruo tenía la capacidad de dañarme. Pero un día —su rostro se iluminó—, hará unos dos años, no sé cómo ni bajo qué efecto, tomé la decisión de enfrentarlo. Llamé al monstruo, me senté con él. Me lo expliqué todo y santo remedio, aquel pensamiento jamás volvió a perseguirme, lo había vencido.

La boca de la Vitilla, de dientecillos perfectos, se petrificó por un instante en una sonrisa que dejaba traslucir triunfo y derrota a la vez, una rosa brotada del tallo de la amargura. Los muchachos se frotaron las manos para desprenderse las migas de pan, se despidieron con unas palmaditas de pésame en la cabeza de don Anselmo, y salieron del cascarón del minibús como se sale de un velorio.

—¿Entendiste a la Vitilla? —preguntó Edy Polanco, confundido el rostro, volviendo ligeramente la cabeza hacia atrás, como si algo misterioso e inexplicable estuviera a punto de saltar del minibús que ardía bajo el sol de la mañana.

—No lo entendí —contestó Juan Robles—, pero lo sentí. Son como las historias del catecismo, ¿no te parece?

Edy asintió.

—El monstruo es tu padre, ¿verdad? —inquirió más adelante, con paso animado sobre el cascajo de la carretera, flanqueada en ese momento por plantaciones de tabaco en cuyos centros, como oasis, se elevaban ranchos cobijados de cana, dispuestos en fila india hacia el horizonte montañoso.

Juan Robles no respondió. Prefería no pensar en ello, prefería huir. Todo estaba aún muy confuso en su cabeza. El monstruo del que hablaba don Anselmo era un Chevrolet circulando por una carretera que se hundía en las tinieblas como una estaca, una radio tocando boleros y dos hombres que bebían ron y departían entretenidamente. El del asiento del acompañante era su padre, un cuerpo fornido que contrastaba con un semblante infantil, de mejillas bien afectadas y pelado con rigor militar. El chofer, un viejo rechoncho de rostro mofletudo, con un bigote tan tupido que recordaba a un general de la guerra de Independencia. Juan Robles iba en el asiento posterior, detrás del conductor, abrumado por aquel ambiente oscuro, extraño, rayado de risotadas. Por alguna razón, ese ambiente le daba miedo, el mismo miedo que le asaltaba hasta cortarle la respiración cuando caminaba de noche sin compañía por el patio de su casa en busca del gato.

Su padre lo había ido a recoger a la casa de la abuela en Puerto Plata, luego de las vacaciones escolares. Por el camino el sol se fue poniendo y como una nube la noche penetró poco a poco dentro del auto. Las luces que de vez en cuando los vehículos que corrían por la vía contraria disparaban sobre el Chevrolet, deslumbraban al niño por unos segundos. A pocos kilómetros de la ciudad de Santiago, frente a un restaurante bullicioso y lleno de vida situado frente al letrero que anunciaba la entrada de Navarrete, el padre del muchacho mandó detener el auto. «Hay que echarle algo al alcohol, Quezada», dijo, y volviéndose hacia el niño, le preguntó si tenía hambre. Juan Robles asintió con timidez.

El lugar, en forma de enramada, era espacioso, techado de zinc acanalado, sostenido por columnas de madera encalada. En las mesas, dispuestas en desorden y cubiertas con manteles a cuadros rojos y blancos, descansaban un pequeño florero lleno rosas plásticas, ya arruinadas por las deyecciones de las moscas; un dispensador de servilletas y una vinagrera de vidrio. Al fondo, un largo mostrador atendido por un barman de elevada estatura, en uniforme negro y corbatín, asediado por numerosos comensales.

Se acomodaron en el extremo derecho, a pocos metros de la mesa que era el centro del bullicio, alrededor de la cual cuatro hombres bebían cerveza a pico de botella. Hablaban a gritos, con palabras groseras, y maldecían y blasfemaban, riéndose a carcajadas, empujándose unos a otros con un salvajismo demencial.

El padre de Juan Robles ordenó chicharrón de pollo con tostones para los tres, una chata de Bermúdez, y un refresco de uva para el niño. Sobre su cabeza, como orejas enormes, pendían dos bocinas enganchadas en una columna, cuya música apenas lograba mitigar el barullo de la mesa del cuarteto. Juan Robles miraba a aquellos hombres con la pavorosa curiosidad con que los niños contemplan una pelea de perros. Uno de ellos, de piel manchada, estaba sentado frente a él y parecía mirarlo desde aquella distancia, a través de las llamas del griterío.

Atusándose con toda dignidad el bigote decimonónico, Quezada vio que su compañero de viaje se ponía de pie, visiblemente irritado.

—Voy a decirle a esos tipos que moderen el lenguaje, que hay niños.

El viejo lo retuvo por un momento, sujetándole una mano: «Deje eso así, sargento».

En la memoria de Juan Robles aún está viva la imagen de su padre caminando con pasos decididos hacia aquella mesa, el hombre de las manchas que se levanta y como un rayo le cruza el rostro con una bofetada sólida, en plena mejilla, tan sonora que logró apagar el salón y resucitar la música de las bocinas.

El militar, al volverse, tropezó con la mirada desconcertada del niño. La mesa se erizó de cuchillos, de burlas. En el salón empezó a reinar la inquietud. Varios comensales se pusieron de pie, arrastrando con notable nerviosismo las sillas; recogieron sus cosas y empezaron a salir del lugar como si escaparan de un país en guerra. El padre se alejó del peligro caminando de espaldas, y regresó a la mesa con el rostro hecho piedra. Los ojos le llameaban igual que si contemplara un incendio. Tomó de las manos al viejo y al niño y salió del lugar. «Quezada, ¿el niño vio? —preguntó, apretando con furia los brazos del viejo—. ¿El niño vio, Quezada?

—Me temo que sí, sargento.

—¡Váyase, Quezada! —ordenó—. ¡Devuélvale el niño a la madre que esto va a coger candela!

Quezada quiso retenerlo, decirle que no se dejara provocar, pero no pudo. Poco tiempo pasó cuando se escuchó un disparo. El viejo encendió el Chevrolet con dificultad; sus dedos temblaban. De la entrada del restaurante salió una bocanada de gente, que se dispersó como humo en todas direcciones. Un hombre entrado en años, con la estampida, fue aplastado contra el baúl del auto, quedó como aturdido por un instante y luego se incorporó y se dio a la fuga, con paso renqueante. Juan Robles recuerda ahora el ataúd en medio de la sala, los cirios lagrimeando, dos cubos de hielo gigantescos bajo el féretro, y él sentado dentro de una ponchera llena de agua, llorando desconsoladamente en el cuarto de las mujeres.

—¿Sabes una cosa, Edy? —dijo, tras enjugarse el sudor de la frente con el dorso de la mano—. Algún día voy a escribir una novelita de vaqueros.

Edy Polanco estalló en carcajadas, tan discordantes y bulliciosas, que de la cabellera de una palmera cercana huyó una bandada de ciguas, con el revuelo con que las avispas se alejan del panal apedreado. Sacó el pulgar de detrás del tirante de la mochila, convirtió la mano derecha en una pistola y empezó a disparar y a brincar como un potro salvaje. Bajo sus pies saltaban los guijarros; el cielo claro recibía su voz como recibiría truenos.

—¿Cómo quieres que te llame ahora, Jota: Marcial La-Fuente Stefania o Silver Kane?

Juan Robles lo empujó. Edy no paraba de reír.

—La mía va a ser diferente —dijo, en tono serio—. En las novelitas del Oeste que hemos leído el protagonista mata a los forajidos como mamá mata ratones, y siguen su camino sin pensar en los seres humanos que sus balas llevaron a la tumba. En la mía, al vaquero héroe le dolerá matar, le dará pena, sufrirá remordimientos de conciencia.

Edy Polanco, al escucharlo, se quedó pensativo, con la risa colgada de los labios como un pañuelo de un cordel.

—¿Cómo piensas titularla? —se interesó.

Juan Robles sonrió, con un gesto de orgullo.

—Las aventuras de Roger McGregor —dijo y lo escribió en el aire, como si el libro ya estuviera delante de él.

La emanación tibia que brotaba de las plantaciones de tabaco, se transformó en una brisa fresca, perfumada de pomos y azahares, cuando llegaron a un terreno boscoso bajo cuyas sombras, deslizándose entre pedruscos, corría el río Jacagua. Detrás de tres matas de jabilla, paradas como gigantes que se toman de las manos, apareció el frontispicio lúgubre de la barra Chepopó, un caserón de madera de apariencia tenebrosa, de donde afloraban los quejidos melancólicos de una bachata. Un caminito de lajas amarillentas llevaba a la entrada del negocio —dormido a esa hora como una fogata que la noche abandona— y se bifurcaba hacia unas habitaciones de tablas de palma, construidas en el fondo del patio.

Los muchachos, que venían discutiendo los pormenores del futuro texto de Juan Robles, al pasar frente al prostíbulo callaron de repente, todos los sentidos alerta, con la solemnidad con que se pasa delante de un cementerio. Edy Polanco se detuvo de golpe, agarró por una mano a su amigo y se echó a correr con él hacia el lado opuesto del prostíbulo, bordeó el río por un sendero arenoso hasta ocultarse tras unos matorrales.

—¿Viste eso? —preguntó, visiblemente nervioso.

—¿Qué? ¿Qué?

Jota intentó ponerse de pie para ver, pero Edy lo haló con fuerza por una mano hasta ponerlo en cuclillas. Unas voces femeninas se mezclaron en ese instante con el rumor del río.

—Son putas del Chepopó; vienen a bañarse —susurró Edy—. ¿Te acuerdas de lo que contó el Sago en el play el otro día, que los cueros vienen al río a bañarse desnudas?

El calor de la sangre quemó el cuerpo de Juan Robles; en su pecho danzaba su corazón. Podía sentirlo palpitar en el puño con el que había golpeado a Fofó, en los nudillos ligeramente inflamados. Zambullidos entre los matorrales, la respiración se les dificultó al escuchar los pasos cercanos de las mujeres. Una de ellas silbaba una canción. Tan pronto el silbido fue engullido por la espesura, con el pavor con que se escapa de una barricada, los muchachos abandonaron el escondite y de matorral en matorral, como los pájaros, se fueron acercando a la función.

—¡Son tres! —murmuró Edy, abriendo un hueco entre los arbustos a manera de ventana—. Hay una grandota y bien linda.

Juan Robles abrió también una brecha y empezó a atisbar, en silencio. En su cara apareció la seriedad nerviosa con la que disfrutaba las revistas pornográficas de la Vitilla. Eran, en efecto, tres mujeres. Una de baja estatura, caderas firmes y senos pequeños, de niña. Con los contoneos que daba al jabonarse, sus nalgas inmensas se llenaban de hoyuelos. Una cicatriz en la mejilla derecha, rojiza en la piel descolorida, y unos ojos rasgados, bizcos, le daban a su rostro un aire de perversidad, de vileza.

La otra, también pequeña pero menos que la bizca, era seca de carnes, de cara esquelética devorada por una exuberante cabellera negra que le bajaba a la cintura, y un sexo oculto por un vello púbico denso y enmarañado.

La que agrandó los ojos de Edy opacaba a las otras con su cuerpo inmenso, pero bien proporcionado. Tenía un rostro de colegiala resaltado por una cabellera rubia, recogida en una cola de caballo. Favorecida acaso por su tamaño, era quien recogía con una lata de aluminio el agua del río y sacaba el jabón a sus compañeras, restregándoles el cuerpo como lo haría una madre con sus hijas.

Petrificados en su escondite, tensos los músculos y ansiosos los pechos, los mirones no se percataron de la sombra que en ese momento los cobijaba, alta e imponente, mostrando una sonrisa depravada, de dientes triturados. Cuando la función estaba en la etapa culminante, oyeron el crac de una escopeta a sus espaldas, sacaron la cabeza de los agujeros y regresaron al mundo real. Habían soñado con el Paraíso y ahora escuchaban el timbre del reloj despertador.

—¡Conque acechando a las chicas, eh! —dijo por lo bajo el hombre, fétido el aliento, rezumante a alcohol, y luego, dirigiéndose a las mujeres, gritó a todo pulmón—: ¡Mira lo que encontré aquí, Aurelión!

El vigilante tenía algo de animal domesticado en su cuerpo rollizo, de piel terrosa, la cara decaída y los ojos apagados como si hubiese acabado de dormir una siesta. Con el cañón de la escopeta conminó a los muchachos a levantarse. Las mujeres, al verlos, pegaron un grito de horror, se llevaron las manos al pecho con una expresión de susto, y luego, mientras se cubrían con toallas, empezaron a carcajearse.

—Tráelos acá, Ramiro —pidió Aurelión, la mujer enorme de porte atractivo. Ramiro obedeció. La mujer, al verlos salir del matorral, se sacudió de pronto aleteando como un pavo real y emitió unos gritos de alegría—. ¡Virgen del Carmen, si son dos pimpollos! Déjamelos ahí, Ramiro. Tú sabes que yo soy como los Papas antiguos, me rejuvenezco con la carne joven.

—¿Quién te dijo esa blasfemia de los Papas, Aurelión? —se persignó la flaca.

—Un sacerdotillo que iba a desinflamarse la próstata conmigo en la Flor de Mayo, una casa de citas de Borojol.

Aurelión tomó a Juan Robles de la mano y le entregó a Edy Polanco a la flaca.

—Toma, Liriana, para que te desenrede el pajón.

La mujer escupió hacia un costado, torció la boca y dijo que no con unos ademanes tan bruscos, que parecía como si su cuerpo se fuera a desarmar. «Yo no me ensucio con bichos, mana».

Los muchachos guardaban silencio, expectantes. Con la amenaza latente del hombre de la escopeta, que contemplaba la discusión no con poca perversidad, se entregaron a merced de las prostitutas como se entrega un barco a la tempestad. Pero como el viento que hinchaba las velas no prometía sinsabores sino delicias, los jóvenes capitanes estaban lejos de desear abandonar el barco. Aurelión sacudió con una mala palabra a Liriana y, en tono enérgico, como si le pasara un fusil, entregó a Edy Polanco a la de grandes caderas: «Toma, China, para que juegues a las muñecas».

—¿Por qué no los coges a los dos y así nos dejas descansar la malanoche? —se quejó, enrojeciéndosele más la cicatriz.

—No soy tan mezquina, mana —lapidó Aurelión, y antes de que Liriana se marchara con el vigilante, la amenazó—: Como sepa que le has ido con el cuento a Tavarito, ¡te saco el corazón por la boca!

La flaca, ante aquellas palabras, retrocedió como para rehuir un peligro, aferró la mano izquierda al nudo de la toalla que la envolvía y la derecha a su abundante cabellera, y se echó a correr por el trillo de hojas secas hasta alcanzar a Ramiro, que ya remontaba la planicie de la carretera.

Las mujeres condujeron a sus *consortes* por el camino de lajas amarillentas. Juan Robles sonrió al notar la seriedad con que su amigo entraba en una de las habitaciones, más circunspecto que si entrara en una iglesia. Aurelión se detuvo delante de una puerta cerrada con un candado oxidado, grande como una herradura. Lo abrió y al empujar la puerta los goznes chirriaron con angustia. Un olor a cera derretida, a rosa macerada, a agua lluvia brotó del interior. La mujer ajustó la hoja al marco con un grueso pestillo. En la penumbra, extendió la mano y haló una cadenita metálica a lo largo de la cual se reflejaba la luz pobre de un velón encendido en un rincón ante un altar presidido por un Jesús Sacramentado, se escuchó un clic y se encendió una bombilla que colgaba del techo como un ojo desencajado de su órbita.

Ante el muchacho apareció una cama desarreglada, en cuyo colchón rugoso y mugriento se apreciaba la silueta de Aurelión dibujada con la precisión de una sombra. En la pared, detrás del lecho, colgado de un clavo se veía un calendario con la foto de un coche típico de la ciudad de Santiago, tirado por un caballo con visera, flaco y encorvado. En el pescante un hombre macilento, con una gorra caqui y camisa floreada, fruncido el entrecejo sacudía un látigo. "Han robado la diligencia", pensó Juan Robles con los ojos fijos en el coche.

Aurelión desató el nudo de la toalla y lo cubrió con su cuerpo tibio, de donde emanaba un olor a jabón de cuaba. Empezó a desvestirlo pero el muchacho se resistió, avergonzado por las marcas de la correa que tenía en la espalda. La mujer, entonces, apagó la bombilla y, poniéndose en cuatro patas sobre la cama, le dijo ven ahora, que Aurelión no te está mirando. Han asaltado la diligencia, volvió a pensar el muchacho al imaginar a Roger McGregor observando desde una colina el coche que corría desbocado por el llano, envuelto en un torbellino de polvo. Juan Robles soltó la correa, bajó la cremallera y se quitó los pantalones. Roger McGregor se acercó a su yegua, colocó una mano en la grupa y percibió, a través de los dedos, el resplandor húmedo del animal. La montó de un salto y empezó a cabalgar. Aurelión se volvió, sorprendida. «¡Coño —exclamó, entre jadeos—, es verdad que por una hebra de hilo no se saca el ovillo!» Roger McGregor espoleó la yegua y la obligó a descender la ladera al galope. El llano en carne viva ardía al paso de la diligencia. Unos disparos restallaron de repente entre las rocas y el vaquero desenfundó su "Colt" visiblemente confundido. Juan Robles tembló al escuchar unos toques firmes, insistentes, a la puerta. Aurelión se petrificó por un instante, tensos los músculos. Juan Robles sintió que el sexo de la mujer, como una mano, atenazaba su sexo. Aurelión volvió el rostro, mezcla de placer y desasosiego, y le susurró, entre jadeos, que siguiera, que por nada del mundo parara, ¡maldita sea, coño!

II

—¡Abre la puerta, Aurelión!

La orden, emitida por una voz aguardentosa, se mezcló con unos carraspeos tabacosos. Era Tavarito, el dueño del lupanar, bajito y calvo, el furor dibujado en su frente tachonada de arrugas. Para impedir que el cigarro "V" de la Victoria, que siempre llevaba en la comisura de la boca, saliera disparado junto con sus gritos, lo apretaba en el lado izquierdo de su caja de dientes, lo que le daba a su rostro una expresión de perro rabioso.

Aurelión, al reconocer la voz, tembló, hecha una fiera.

—¡Lárgate de aquí, Tavarito!

—¿Qué haces ahí con los niños, azarosa? —tronó el viejo—. ¡Ramiro me lo ha contado todo!

Aurelión se carcajeó, bamboleándose. Juan Robles volvió a sentir los estertores en su entrepierna, la cual, por el cambio brusco de decorado, ya empezaba a languidecer.

—Te estoy entrenando los clientes del futuro —gruñó, irónica, Aurelión—. ¡Sé agradecido, pendejo, y déjame en paz, si no quieres que te desbarate a patadas este antro del demonio!

El viejo pateó la puerta. La cadena del candado tintineó.

—¡Deja salir a los niños! —ordenó—. ¿Es que no escarmientas, cuero del diablo? Nunca debí sacarte de Borojol. ¿Quieres, acaso, que te vuelva a buscar la patrulla? ¡Un día me van a cerrar el negocio por tu culpa, maldita!

Se frotó los nudillos, dio una profunda calada al cigarro y lanzó una bocanada de humo que le nubló la visión. Mascullando maldiciones como si masticara una raíz amarga, el anciano abandonó la lucha, consciente de que una vez aquella mujer asaltaba un sendero, no había poder humano que la hiciera cambiar de curso.

Se desprendió del trasero de Aurelión con la delicadeza con que una abeja se desprende de una flor, y al apearse de la cama experimentó la sensación de haber salido de un fango tibio y pegajoso. Se puso los pantalones con los ojos fijos en el cuerpo de la mujer, en cuya silueta reverberaba la llama de la vela como el rastro que traza la luna sobre el mar. Desencajó el pestillo y la puerta chirrió, dejando entrar un cuchillo de luz. Aurelión, resucitada por el resplandor solar, se cubrió los ojos con el antebrazo izquierdo y pidió al muchacho, con voz soñolienta, que encadenara la puerta por el exterior.

Juan Robles recibió en el rostro el sol de la una de la tarde como un chorro de fuego. Haciendo visera con la mano, se condujo por el camino de piedras amarillentas hasta la habitación donde había visto entrar a su amigo. «Edy —susurró—, ¿ya acabaste?». Una voz de mujer le indicó que el muchacho lo estaba esperando en el comedor de la barra, que entrara por la puerta posterior del caserón de madera.

Una pista de baile rectangular, bañada por una bola de discoteca donde espejeaban bombillas de colores, presidía el salón, rodeada de mesas y sillas de madera forradas de piel de chivo. Juan Robles descubrió a su amigo sentado a una de ellas, saboreando un plato humeante de mondongo de vaca, sumido en sus pensamientos, como si su mente estuviera lejos de aquel lugar.

—Era de San Juan —dijo Edy al ver llegar a Juan Robles, y lanzó un largo suspiro que espació el humo del caldo.

—Pareces embrujado —se burló Juan Robles y le palmeó la espalda con la intención de sacarlo de sus cavilaciones—. ¿Quién era de San Juan?

—La puta —respondió, revolviendo el caldo con la cuchara, con la mirada extraviada—. Era de San Juan.

Una mujer gorda, de bigotillos sudados, salió sosteniendo una bandeja por una puerta perdida en la penumbra, se acercó y colocó otra ración de mondongo delante del recién llegado. «Puta no, jovencitos —corrigió con acentuada picardía—, *mujeres de la vida alegre*. A las putas no les gusta que las llamen puta; aprendan eso, para que no se metan en problemas».

—¿Supongo que el almuerzo es cortesía de la sanjuanera? —sonrió Juan Robles, mirando a la mujer.

La gorda se encogió de hombros, se secó los bigotillos con el delantal lleno de lamparones que llevaba puesto y regresó a su cueva, dejando tras de sí un espeso olor a cebolla y cilantro.

Atravesaron el umbral y salieron del Chepopó con la sensación de haber escapado del interior de una caja de música. En medio del camino de lajas, como un muro infranqueable, sonreía Ramiro, el vigilante, mostrando sus dientes podridos, de coronas corroídas.

—¿Les gustó el mondongo, muchachos? —preguntó. Sus mejillas temblaban—. Síganme; quiero mostrarles algo.

Los muchachos se interrogaron con la mirada y, en silencio, cautos pero resignados, obedecieron al hombre de la escopeta. Ramiro se hizo a un lado, los dejó pasar y luego les ordenó que salieran a la carretera y tomaran el sendero del río. Roger McGregor penetró al trote en la espesura y no bien recibió sobre su sombrero la lluvia de sombras de las ramas del robledal, volvió la cabeza con la sensación de que alguien lo estaba siguiendo. «Sigan, muchachos, sigan», pidió Ramiro, al notar la inquietud en el rostro de los niños, que de vez en cuando se volvían a mirarlo. Roger McGregor, receloso, se detuvo de golpe.

—¿Para dónde nos llevas? —se incomodó Juan Robles, parándose de repente ante la masa sudorosa del vigilante.

La sonrisa perversa de Ramiro se intensificó, amartilló la escopeta con un crac que saltó por las piedras del río como un sapo, y luego, con la mano derecha, lentamente, bajó la cremallera de su pantalón de fuerte azul y, tras hundir los dedos en el lodo de la entrepierna, sacó algo marrón, con manchas oscuras, semejante a una rata muerta.

—Ahora es a Ramiro a quien le toca un cariñito.

Los muchachos, sorprendidos, se paralizaron por unos segundos y luego, al ver cómo el vigilante, grave el rostro, los ojos entornados, resucitaba la rata, sacudiéndola con los dedos, escupieron con un gesto de repulsión.

Edy Polanco estaba mudo de pavor. Juan Robles, en cambio, contrayendo los músculos como quien se prepara para recibir un golpe, dio unos pasos hacia su adversario y, con voz contenida, pausada, pero categórica, dijo:

—Muy bien, pedazo de maricón, si quieres un cariñito, lo vas a tener, pero primero deja ir a mi amigo.

El vigilante se apartó del camino. En sus ojos apareció el brillo de felicidad que antecede al placer. Edy Polanco, paralizado por el miedo, más consumido de lo que era en realidad, no pudo mover un músculo. Era como esas máquinas descompuestas que necesitan de un golpe para activar su mecanismo. Juan Robles lo puso en movimiento de un empujón. Cuando pasaba cerca del hombre de la escopeta, Edy dijo, entre dientes: «Te jodiste, Ramiro, él es amigo de Reinaldo, el Flaco».

El vigilante palideció. La rata pareció perder un poco de su soplo de vida.

—¿El Flaco mentao? —preguntó por lo bajo.

Edy Polanco asintió y, como si hubiese encendido la mecha de un cartucho de dinamita, se echó a correr hacia la carretera cuya franja gris se vislumbraba entre las frondas. Juan Robles cruzó los brazos sobre el pecho y como David frente a Goliat lanzó su primera pedrada.

—¡Ahora toma la escopeta y dispara, hijo de tu maldita madre! ¡Y trata de no fallar, porque si me dejas con vida no descansaré ni un segundo hasta que no te arranque la cabeza!

La voz del muchacho era ahora dura y sólida. Ramiro sintió el peso plúmbeo de su mirada. Bajó el cañón de la escopeta, guardó su rata y se quedó mirando al niño por unos segundos, con un amargor en la garganta.

—Tú no mueres en tu cama, muchacho —dijo, y se marchó.

Juan Robles, fija la vista en el paso desencantado del vigilante, empezó a sentir las palpitaciones nerviosas, que tanto odiaba, en la comisura de los labios, que no eran otra cosa sino que el preludio del llanto. Corrió por el sendero sombrío y se refugió detrás de un árbol, como de chiquillo se escondía tras la cortina de lona del ropero. Golpeó con los puños el corcho agrietado del tronco tratando de contener la explosión de lágrimas que ya sentía gravitar sobre su alma, pero no lo consiguió. Tenso el cuerpo, apoyó la frente en el tronco y se entregó al llanto, gimoteando quedamente, igual que si se entregara a los brazos de su madre. Así lo encontró Edy, pocos minutos después.

—Regresemos a casa, Jota —dijo—. Ya hemos tenido bastante por hoy.

—No —replicó Juan Robles, enjugándose el rostro con la camiseta—; ya no podría regresar a casa sin mostrarte el mar.

La carretera Jacagua se apartó con una curva cerrada del trayecto que seguían los aventureros, y los dejó ante un camino de tierra que se desprendía hacia el río Quinigua, tan seco en esa época del año que por su lecho de guijarros parecía correr una lágrima. Bajaron corriendo impulsados por la pendiente, hasta detenerse ante la penumbra de la catedral que creaban las sombras de los altos árboles. Del otro lado avistaron, en un calvero, una recua de burros y dos hombres sin camisa, bañados en sudor, que armados de palas llenaban de arena unos receptáculos de madera colocados a manera de aparejos sobre los animales. Los muchachos vadearon el río haciendo equilibrio sobre unas rocas cubiertas de musgo, seguidos por los ojos húmedos de los arrieros.

—Amigos —gritó Edy Polando cuando salió de la cuenca pedregosa del río—, ¿hasta dónde llega esta carretera?

El más joven se encogió de hombros mientras se enjugaba el sudor de la frente con el índice como si recogiera de un plato un poco de mermelada, y el más viejo, apoyado en la pala como lo haría un bailarín en el hombro de una mujer, respondió que la carretera bordeaba la loma del Aguacate y se derramaba por el pueblo de El Ranchito.

Juan Robles iba a preguntar si el pueblo quedaba lejos de allí y si desde él se podía ver el mar, pero el ruido de una motocicleta Honda 50, conducida por un hombre rechoncho con la camisa desabotonada hasta el ombligo, le cortó el habla. El rugido del vehículo, que cruzaba el río con un zig zag de serpiente, apagó el relato monótono de las chicharras y el canto de los pájaros. El hombre, frunciendo la boca, aferrado al timón de la moto como a los cuernos de un toro salvaje, escapó de las fauces del río y aceleró hacia la luz de la carretera que se dibujaba como un portal entre el follaje. Los muchachos, en silencio, lo siguieron.

Fuera del macizo boscoso del río, ante ellos apareció el pecho gigante de una montaña, salpicado de pastizales cercados con líneas de alambre de púas en unos palos nudosos. Aquí y allá se veían pacer, casi inmóviles, machas de ganado vacuno. Pasada una hora notaron que el pecho de la montaña aún seguía allí, como si por cada paso de ellos el gigante diera un paso atrás. Escucharon el rumor lejano de un vehículo y decidieron apartarse del camino a esperar, para hacer autostop. El rumor se intensificó y poco después, por una hondonada, divisaron una camioneta zarandeándose sobre los profundos surcos que el paso de las bestias y los hombres había abierto en la vía.

—¡Una bola! —gritaron al unísono.

La Ford blanca, amarillenta de polvo, pasó de largo y luego, tosiendo por el tubo de escape un humo negro, se detuvo unos cinco metros más adelante. De la ventanilla del asiento del acompañante salió un brazo que con un gesto invitó a los muchachos a acercarse. El brazo entró. «Móntate atrás, Sebastián», ordenó una voz. La puerta se abrió con un crujido y un hombre bajito y fornido, de piel quemada, salió y, apoyándose en los bordes de la cama, se encaramó en la camioneta de un salto. Los muchachos se asomaron por la puerta y tropezaron con el rostro blanco y alargado del conductor, que los observaba con la mirada noble y adormilada de las vacas. La mandíbula colgante, una boca belfa y unos párpados caídos le daban a su cara el aire ausente que adoptan los enfermos mentales.

—¿Adónde van, muchachos? —preguntó.

—A las montañas —se adelantó Edy.

El hombre se carcajeó. Su semblante se reanimó unos segundos, como si el hombre hubiera salido a la superficie del lugar en donde parecía hallarse sumergido.

—Pues ya llegaron, muchachos —dijo mientras manipulaba la palanca del cambio de marchas—. Eso que tienen bajo los pies es las montañas.

Los muchachos titubearon al tratar de rectificar, pero el hombre les dijo que se trataba de una broma y los invitó a entrar.

—Don Chicho Moronta, para servirles —se presentó, con su mirada inmóvil, de maniquí. Los ahora alpinistas hicieron lo propio, y procedieron luego, entusiasmados, a contarles el plan. Don Chicho los escuchaba en silencio, inexpresivo el rostro, preocupado. Sus manos, salpicadas por manchas de la vejez, batallando con la carretera, eran dos culebras mordiendo con furia el volante, y por momentos parecían ser lo único vivo de aquel hombre.

—¡El mar! —dijo de pronto, fija la mirada en la franja retorcida de la vía como si contemplase un horizonte lejano—. Si no fuera porque temo que se me despierten las hemorroides, me iría con ustedes, muchachos. Sepan, ahora que ustedes están emplumando, que vivir es un almacén de dolores y la vejez es la puerta que los deja salir a hacer de las suyas, y como ven, muchachos, yo ando medio agarrotado para evitar que se me escapen los perros.

Aquellas palabras, emitidas en un tono sombrío, impresionaron a los niños, los cuales, pese a no entenderlas del todo, experimentaron por un momento una inexplicable sensación de amargura y desolación.

—Nunca se casen con una extranjera —se desahogó de pronto don Chicho Moronta, como si dejara escapar por las ventanas de su mente una bandada de murciélagos—, para que no se queden solos al final de la vida, como me sucedió a mí. Aprendan eso, muchachos, ahora que ustedes están emplumando.

Y procedió, los ojos muertos sobre el polvo del camino, a contar la historia de su vida, con brusquedad, como si lanzara manotazos. «Yo nací en la nalga de una de estas montañas, donde ahora tengo mi finca. Uno siempre regresa al lugar de la infancia, como los perros perdidos a la casa del amo».

A los ocho años sus padres lo sacaron de la cordillera y se lo llevaron a California, pero la mente de don Chicho había quedado atrás, enredada como un bejuco a la tierra natal. Terminó la carrera de Ingeniería Mecánica y trabajó en una fábrica de aviones hasta que se jubiló. «A veces durábamos hasta ocho horas poniendo un tornillo, no de los convencionales que ustedes conocen, sino de unos triangulares, más resistentes a las vibraciones», explicó, ayudándose con una de las manos, cuyos dedos movía del modo en que se ajustan las tuercas.

A los veintisiete años se casó con una alemana, compañera de la universidad, con la que procreó tres hijos, dos hembras y un varón. «Y una mañana, al despertar, de repente me di cuenta que me había quedado solo. Mi mujer regresó a su país natal, yo me vine para acá, y mis hijos, que son gringos, se quedaron en California, no quisieron emigrar a la República Dominicana. Como ven, la nostalgia nos destruyó».

Don Chicho Moronta sacó una cajetilla de Montecarlo del bolsillo de su camisa de un azul desvaído, tomó un cigarrillo e invitó a fumar a los muchachos: «Vamos, acábense uno».

Los muchachos sonrieron y no con poca torpeza y timidez se llevaron el cigarrillo a la boca.

—Yo no me fumo los dedos porque no puedo darles candela —los animó el viejo, entretanto encendía los tabacos con una cerilla. Edy Polanco caló el suyo con pose de actor cinematográfico, y entre risitas contenidas, empezó a toser. Juan Robles, con otro acceso de tos, expulsó una nube de humo hacia el rostro del conductor, y éste lo abanicó con una seriedad militar.

Don Chicho, el cigarrillo en la punta de la boca, rebuscó debajo de su asiento y extrajo de allí una botella de ron Brugal. «Tomen, dense un trago para que puedan ver mejor el mar». Los muchachos lo complacieron. Se pasaron la botella y con el fuego del alcohol los ojos de Edy se llenaron de lágrimas.

—*Beban y olvídense de su necesidad; y de su miseria, no se acuerden más* —dijo el hombre—. Así dice la Biblia.

—En qué parte —quiso saber Juan Robles, acordándose de las lecciones de catecismo que tomaba para hacer la primera comunión.

—Sabrá Dios, muchacho —respondió don Chicho, santiguándose.

En ese momento, el hombre que venía parado en la cama de la camioneta como el palo mayor de un barco, empezó a dar manotazos en la capota, encima del chofer. Los brazos de don Chicho se tensaron y el viejo frenó de golpe con un sacudón de muelle. De debajo del vehículo emanó una nube de vapor y un olor a caucho quemado.

—¡Están bandereando, don Chicho! —gritó el hombre con voz alarmada, y un pedazo de su rostro quemado apareció por la ventanilla, sembrando inquietud en los muchachos, que ignoraban lo que estaba sucediendo—. ¡En la boca de El Ranchito están bandereando! —acotó.

—¿Puedes ver el color desde ahí arriba? —preguntó don Chicho.

El hombre gateó hacia el cobertizo, se puso de pie y haciendo visera con una mano vio, de refilón, entre los pliegues de las colinas, algo semejante a una sábana carmesí, agujereada.

—Los colorados, don Chicho —gritó, y su voz penetró por las ventanillas opaca, pero jubilosa.

Don Chicho Moronta estiró el brazo y abrió la guantera, y ésta vomitó sobre las piernas de los muchachos un amasijo de gorras amarillas, blancas, rojas..., adornadas con emblemas de partidos políticos. Tomó cuatro de las de color rojo, y las distribuyó entre sus acompañantes con una risita en los labios que apagaba un poco la pesadumbre que atormentaba su cara. Los muchachos, con visible desconcierto, pero más calmados, se calaron la gorra hasta las cejas y procedieron luego a devolverle el contenido a la guantera, azuzados por el viejo, con el apremio y el temor con que se da de comer a una fiera por entre los barrotes de una jaula.

Tan pronto arribaron a la entrada del caserío, una multitud efervescente los asaltó con consignas del partido del gallo colorao, ondeando banderas en ambos flancos de la camioneta como si la estuviesen lavando. Don Chicho Moronta, a una velocidad mortuoria, fue internándose por entre el gentío como por un sembradío de rosas. «¡Que viva Balaguer, carajo!», gritaba, sacando la cabeza por la ventanilla como suelen hacer los perros, avivando con ello a los seguidores del Partido Reformista.

Casi al final del nudo, el que parecía jefe de campaña, un hombre bien vestido, con un cartel en la mano con la foto de Balaguer junto a un hombrecillo de aspecto enfermizo, mandó detener el vehículo con aires de general de brigada.

—Supongo que vino a apoyar al candidato a regidor, compatriota —dijo.

—Supone mal, compatriota —lo cortó de golpe don Chicho—. El senador de Santiago me ordenó llevar, con carácter de urgencia, a estos dos sobrinos suyos adonde la abuela, en Las Yayitas. La pobre vieja se está muriendo y en su agonía sólo clama por ver, por últimas vez, a sus queridísimos nietos.

El político se desinfló y, sacando sus cañones de la ventanilla, los volvió hacia el remolino vociferante que danzaba ante el vehículo.

—¡Dejen pasar al compatriota! —gritó. Luego, ahora en

tono sumiso, mirando a don Chicho, agregó—: Dígale al senador que el dirigente Patricio Julia le manda saludos.

—Así lo haré —respondió don Chicho y reemprendió la marcha.

Los muchachos miraban al viejo con un gesto de asombro, admirados por la manera con que éste había sorteado el escollo. Las casitas de tabla de palma, cobijadas de zinc herrumbroso, inclinadas hacia la calle, parecían haber sido víctimas de un empujón brutal. La postración que presentaban evocaba una fila de fieles orando ante un altar. Las gallinas que se paseaban por la calzada cascajosa como peatones, saltaban histéricas al paso del vehículo.

—Aprendan esto, ustedes que ahora están emplumando: para un jefe un jefe y medio —filosofó el viejo—. Y si algún día, cuando terminen de emplumar, llegan a tener posesiones, recuerden que un empresario que se precie de inteligente es miembro de todos los partidos, sin afiliarse a ninguno. Los partidos son como los huevos, uno nunca sabe de cuál de ellos saldrá el gallo ganador, por eso hay que calentarlos y darles cariño a todos por igual, sin distinción.

Torció por una callejuela y detuvo el vehículo frente a un rancho de yagua dentro del cual se veían mujeres desgranando guandules. Eran, aquellas mujeres, de rostros duros y vestimentas desteñidas, las marchantas que en burros llenaban las mañanas de Santiago con sus voces, pregonando sus mercancías, generalmente guandules, maíz pelado y verduras.

—Mídanme cinco jarros de guandules, señoritas —gritó el viejo.

—Gracias por taparnos el hoyito, don Chicho —gritó una, y las otras estallaron en carcajadas.

Terminada la transacción, el viejo volvió a gritarles a las mujeres, no con poca picardía, que se cuidaran del Sombrerú, el famoso violador descrito por sus víctimas como un hombre gigantesco tocado con un sombrero de paja de ala ancha, que en esos meses mantenía en zozobra la región norte del país. Ya la Tranca, otro reconocido violador, había caído en manos de la policía. Una anciana desdentada, de rostro marchito y mirada burlona, en respuesta a don Chicho, soltó el higüero donde echaba los granos, se levantó la falda de anchas arandelas dejando al descubierto unas piernas secas y unas prendas íntimas desgarradas, y voceó que de encontrarse con el violador, le preguntaría que de qué lado le hincaría el diente al filete, si por delante o por detrás.

Don Chicho Moronta no pudo por menos que reírse. Las carcajadas de su ayudante flotaban sobre el vehículo como una bandada de pájaros.

—A todas ustedes las llevan a fundir a Metaldón, y no hacen una mujer seria —les dijo.

Dejó el gallinero de mujeres revuelto y retomó la calle principal. De su boca belfa aún colgaba una sonrisa.

—Muchachos —dijo—, ahora que ustedes están emplumando, es bueno que sepan cómo somos nosotros, los dominicanos. Miren esas mujeres. Esas mujeres se levantan de madrugada y se van a la loma a recoger guandules llueva, truene o ventee, porque de ello depende el sustento de la familia; echan el día desgranándolo y en la mañana se van en burros a venderlo a la ciudad de Santiago. En los repartos de ricachones, un tipo se levanta rascándose el ombligo y le sale al paso a la marchanta, antojado de un buen guiso. Le pregunta el precio del jarro, pero no pregunta por el trabajo que cuesta bajar un jarro de guandules de las montañas. La mujer da el precio y el hijo de puta todavía tiene los cojones de pedir rebaja —se agrió don Chicho y, observando a los muchachos, sentenció—: ¡Así somos los dominicanos!

En la salida del poblado, los esperó otro grupo de reformistas. Pero esta vez, sin que don Chicho lo pudiera evitar, uno de los jefecitos prácticamente se apropió del vehículo.

—Ustedes cinco, ¡súbanse a la camioneta! —ordenó, y dirigiéndose con autoridad marcial hacia el conductor, dijo—: Compatriota, vaya a buscar el refrigerio de la campaña al club; ¡pero rápido! ¡Muévase!

—Usted sabe que esta camioneta es suya —concedió don Chicho y se puso en marcha. Los manifestantes le abrieron paso. La imagen que Juan Robles y Edy Polanco se habían hecho del viejo, con aquella manifestación de sometimiento, se fue empequeñeciendo como un cubo de hielo bajo el sol.

El club era una enramada que coronaba una colina, a unos cien metros de la carretera. Delante de la fachada flameaba como una antorcha la bandera dominicana. A la entrada del trillo cascajoso que llegaba hasta el club, los hombres mandaron a parar el vehículo golpeando la capota, y se apearon con gran alboroto. Uno de ellos, entusiasta el rostro, fue a pedirle al viejo que le prestara a su ayudante.

—Sebastián está recién operado —objetó don Chicho—. Le sacaron una hernia del ombligo del tamaño de una batata. Váyanse tranquilos a buscar los menjunjes, en lo que yo bajo a dejarlo en su casa, que está cerca de aquí.

El viejo apretó el acelerador, dejándole la palabra en la boca al hombre, y siguió su camino. Poco después, como si le debiera una explicación a los niños, dijo: «No se preocupen por ellos, muchachos; los políticos siempre consiguen ayuda. Si hay algo que abunda en este país son los pendejos».

Recogió las cuatro gorras y las escondió en la guantera.

No bien dejaban atrás una loma, otra les ponía una zancadilla como para mostrar el vuelo de su falda. Manchas de bosques sombreando cafetales, novillos pastando, chorros de agua que brotaban del pecho de un cerro como corbatas. Juan Robles, mirando de vez en cuando al viejo, pensaba en lo difícil que habría sido para ellos hacer aquel recorrido a pie; y Edy Polanco, alegre interiormente por el modo en que se acercaba a su sueño, se entretenía leyendo los letreros que, como pedradas, pasaban volando por la ventanilla: «Peligro: curva cerrada»; «Colmado Salcedo»; «Zona escolar, disminuya la velocidad»; «Escuela Las Yayitas».

Atravesaron un caserío desolado, semejante a un pueblo fantasma, que dejó en la memoria de los niños la impresión de haber pasado frente a un ejército de estatuas de polvo, a punto de desmoronarse. Una cicatriz de chivos sobre el camino, guiados por un cabrero invisible, era lo único vivo en aquella villa. Don Chicho Moronta repartió otra ronda de cigarrillos y ron, para sacar a sus acompañantes de aquel hueco de silencio.

A la salida del poblado, un hombrecillo de atuendos borrosos, desde la cama de un camión cargado de guineos donde iba sentado como en una mecedora, les gritó algo que el viento se bebió, gesticulando nerviosamente con las manos. «¿Qué dijo?», le gritó don Chicho a su ayudante. «La guardia o algo así», respondió éste, asomando su frente quemada por la ventanilla.

El viejo se ensombreció; disminuyó la velocidad aferrado al volante como si sujetara los brazos de un ladrón que tratara de huir, y con ademanes de impaciencia ordenó a los niños que abrieran la guantera.

—Pásame esa gorra de guardia rana, muchacho —pidió, y una de las culebras mordió la gorra y la depositó luego en el pelo ralo del viejo.

La tensión invadió los brazos de don Chicho como una sustancia venenosa, hasta provocarles una parálisis que por momentos desaparecía, con los temblores que la vida suele inyectar a los moribundos. Roger McGregor haló el freno de la yegua al descubrir los rescoldos de una fogata que los forajidos habían abandonado en un calvero. Don Chicho Moronta, tan pronto vislumbró en la distancia el retén militar levantado en una curva de la carretera, se sacudió como un poseso, soltó una mano del volante y se la llevó a la espalda, por debajo de la camisa. Fue en ese momento que los muchachos, los ojos desorbitados, supieron que el viejo con cara de loco iba armado. Roger McGregor se apeó de su montura, bajo sus pies crujieron las ramas secas, y se acercó a la fogata. La camioneta ahora circulaba a toda velocidad, como si huyera de un tornado. El vaquero removió los rescoldos con la fusta. "Están cerca", pensó, al evaluar los tizones aún ardientes. Don Chicho sacó la pistola con la premura no exenta de brusquedad con que la desenfundaría en un duelo. Los ojos de los niños brillaron de pavor. «¡Yo resuelvo esta vaina!», sentenció el viejo, palpitaciones nerviosas en las aletas de la nariz, los dientes apretados, a la vez que apuntaba el arma hacia sus acompañantes con aire bélico.

III

—¡Arriba el trasero, muchachos! —ordenó don Chicho—. *¡Hurry up!*

Los niños apoyaron las manos en el tablero, se levantaron y acto seguido el viejo depositó el arma debajo de ellos como depositaría un huevo debajo de una gallina. «Estos guardias, con el asunto de los guerrilleros que quieren tumbar el gobierno, andan pescando en río revuelto; te decomisan el arma y ni la cacha le vuelves a ver en la vida», farfulló el viejo, más dominado. «Y no se muevan mucho, no vaya a borrárseles el culo».

Los niños emularon el aire tenso del conductor, mientras el vehículo se echaba a un lado de la carretera, siguiendo la orden de un soldado de elevada estatura, que sudaba como una vela.

—¡Qué pasa, raya! —exclamó don Chicho, y el soldado, al escuchar la palabra "raya", como si recibiera una descarga eléctrica, se sacudió para dar el saludo militar—. ¡Acaso no sabe reconocer a un mayor retirado!

—¡Perdone, comandante! —se excusó el soldado.

Y cuando don Chicho Moronta lo vio dar unos pasos hacia la camioneta, elevó su voz de mando, vociferada casi como una grosería.

—¡Firmes!

El militar se cuadró, sonando los talones. Otros tres soldados, entre ellos un sargento, que hasta ese momento habían estado ocupados con otro vehículo al que despojaron de un racimo de coco, se acercaron para informarse, y una vez lo hicieron, procedieron a dar el saludo militar.

—Comando —dijo el sargento, posando en la ventanilla una cara redonda, de ojos de sapo—, estamos buscando el bastión de guerrilleros comunistas que desembarcaron por Las Manaclas...

—¡Descríbamelos! —lo interrumpió don Chicho.

El sargento titubeó.

—Como no los hemos hallado, no sabemos cómo son.

El viejo se carcajeó.

—Entonces ustedes están como los astrónomos, apuntan el telescopio hacia la tiniebla estelar buscando, sin saber qué es lo que buscan; y no es sino hasta que tropiezan con algún cometa o alguna piedra sideral, que descubren que era eso, precisamente, lo que andaban buscando. —El sargento se quedó un instante en el limbo, entristecido el semblante, sin entender. Don Chicho lo fustigó con una mirada—: ¿Cuándo se ha visto que un guerrillero transite por carretera, raya? Los guerrilleros son como las guineas, andan por el monte, de pajón en pajón.

El viejo puso un cambio de velocidad y volvió a tomar el lomo seco de la carretera. Antes de marcharse, llamó al soldado alto con su vozarrón: «Coja dos racimos de guineos de esos y súbalos a la camioneta. ¡Pero rápido, raya!». El soldado se cuadró y fue a ejecutar la orden.

El hálito nervioso con que don Chicho había bañado el retén militar, parecía también haber alcanzado a los niños. No bien la distancia se tragó la unidad del ejército, el conductor sacó su huevo de debajo de las gallinas, con una expresión de burla en el rostro.

—¿Notaron cómo temblaron esos guardias cuando les dije raya? —rió don Chicho—. Eso lo aprendí con el general Sánchez Sánchez, un viejo amigo a quien le salvé la vida, y ustedes, que ahora están emplumando, deben conservar esta sabiduría: "raya" es el término despectivo con que la alta jerarquía militar llama a los soldados de bajo rango, y como es de uso exclusivo de la milicia, el raso del retén supuso que quien le hablaba era algún superior del ejército.

Juan Robles, más sereno, se atrevió a interpelarlo.

—Mi padre también era militar, don Chicho —dijo—. ¿Usted era del Ejército o de la Fuerza Aérea? Mi papá era de la Fuerza Aérea.

El viejo le acercó su rostro equino a la cara, con un gesto de picardía.

—Yo sólo soy *mayor retirado*, muchacho —respondió—; mayor porque soy mayor de edad, y retirado porque soy jubilado de la empresa de los Estados Unidos de la cual les hablé.

Don Chicho, ante la seriedad de los niños, soltó una de las culebras del volante y con ella los zarandeó por los hombros igual que si sacudiera un árbol para que caigan sus frutos. Los muchachos se sorprendieron al principio, pero después, al verlo carcajearse, se rieron, contagiados con la exaltada alegría del viejo.

En Pedro García, un poblado vibrante, de calles asfaltadas y casas de bloques de cemento pintadas con colores primaverales, don Chicho Moronta se detuvo en una estación a poner gasolina, y le ordenó a su ayudante que, en una agencia de viajes cuyo letrero de grandes caracteres redondos se apreciaba en la acera opuesta, pidiera un mapa del Cibao. Sebastián cruzó la calle sorteando el tránsito y desapareció tras la puerta vidriera, adornada con la foto de un aeroplano. Minutos después salió con las manos vacías.

—La recepcionista dijo que los mapas son sólo para los turistas.

Don Chicho aflojó el grifo de la manguera y, visiblemente incómodo, le ordenó a su ayudante que regresara al negocio y le dijera a la hija de puta, con mucha cortesía, que el mapa precisamente era para dos turistas criollos, que van camino a redescubrir el mayor tesoro de la isla: el mar. Los niños, un tanto desconcertados, seguían los acontecimientos montados en la camioneta. Don Chicho, al ver a su ayudante regresar sin nada en las manos, golpeó con furia un costado del vehículo. Con porte rígido, agarrándose la espalda como suelen hacer las preñadas, enfiló hacia la agencia de viajes. Los niños, nerviosos, salieron y dieron unos pasos tímidos hacia la calle. Desde allí escucharon un grito de mujer, unos chillidos, y la frase clara, nítida: "¡Ingeniero Moronta, carajo!". Un silencio siguió y luego, como si hubiese dejado dentro del local al lobo, don Chicho salió con una mansedumbre de oveja, y la puerta vidriera se cerró tras de sí. En plena acera, abrió el mapa, lo revisó por un instante con expresión concentrada, y luego lo dobló como una servilleta.

Al llegar a la camioneta lo desplegó encima del capó y con un índice velludo, de uña amarillenta, mostró a los niños el camino que hasta ese momento habían seguido por la sierra, hasta detenerlo en la loma Pedro García. Se volvió hacia Edy Polanco, le indicó con el dedo la loma del Puerto y más adelante la loma Palo Blanco, en Tubagua, un pobladito al suroeste de la provincia de Puerto Plata, ciudad conocida como la novia del Atlántico.

—Edy —dijo—, desde ahí ya se puede ver el mar.

El rostro del muchacho se iluminó. Sebastián, que también había seguido la trayectoria del dedo por el mapa, al escuchar el nombre del poblado, protestó.

—Pero de ahí apenas se ve una migaja de mar, don Chicho, por los lados de Sosúa.

—¿Cómo un kilómetro? —preguntó Edy, agitado—. Yo me conformo con ver aunque sea un kilómetro de mar.

El viejo lo tranquilizó, poniéndole una mano en el hombro.

—Créeme, muchacho —le aseguró—, desde esa montaña podrás ver la panza del mundo. —Y dirigiéndose a los dos niños, continuó—: Ahora ustedes tienen que tomar una decisión; o siguen mi agenda o prosiguen su viaje por su cuenta. Con el trocito de tarde que les queda, la noche los encontraría donde se muere la carretera y empieza el camino real, mucho antes de la loma del Puerto.

—Con el sol que queda, si llegan hasta ahí, les regalaría una novilla —intervino Sebastián—. De allá venían ayer vientos de agua y cuando allá llueve esos caminos se vuelven una pasta de jabón.

—Éste, de eso, sabe más que yo —concedió don Chicho, ante el silencio de los muchachos—. En sus tiempos de cuatrero llegó a conocer esos berenjenales más que los animales que pacen allí, que es mucho decir.

Sebastián sonrió con cierta malicia infantil, al recordar aquellos tiempos en que andaba por las lomas robando ganado.

—No se crea, don Chicho —suspiró, ampliando su rostro quemado—; a veces la nostalgia no me deja dormir. Algunas noches me dan unas ganas tremendas de volver a coger el monte, para cargar aunque sea con una becerrita. Usted no se imagina con qué alegría le salta a uno el corazón al enlazar una bestia, con la luna llena en los ojos de las vacas como pedazos de candela, los perros aullando como si uno fuera un difunto, y después...

—Y después atraparte como lo hice yo —lo interrumpió el viejo—. ¿Saben por qué este azaroso no está preso hoy día? Porque fue sincero; y no hay virtud más admirable en el hombre que la sinceridad. Ante ella, yo me quito el sombrero.

Juan Robles y Edy Polanco, parados ante aquellos dos hombres en medio de aquel pueblo tan despierto, parecían dos huecos llenos de extraños pájaros, cuyos ojos relampagueaban en la oscuridad. Miraban y escuchaban en silencio, ansiosos por soltar sus pájaros. El viejo, el cuerpo rígido recostado a la camioneta, olvidando acaso la pregunta que formuló a los menores, se entregó a detallar la forma en que capturó a su ayudante.

—El desgraciado se las arreglaba tan bien y con tanta habilidad, que muchos lugareños llegaron a creer que se trataba de una bruja. No valió montar vigilancia las veinticuatro horas del día, ni tender trampas, ni celadas; cada mes se desaparecía una novilla, o un becerro o un torete, cuando no una vaca de tres partos. Hasta que un día, ensimismado en el logotipo de cara de gato del ron Bermúdez, me acordé de las iniciales "RM", de Roberto Moronta, mi nombre, con que marcamos las vacas en la grupa, y corrí a la tenería de Santiago, donde iban a parar las pieles. Como imaginé, la empresa llevaba un registro donde aparecían las iniciales y el tratante de ganado. Y así di con este pajarito.

—Cuando le confesé que sí —intervino Sebastián—, que yo me las había robado, a don Chicho casi se les salen las lágrimas. Le dije que me las robaba porque lo de cuatrero lo llevo en la sangre; que mi papá, que en paz descanse, era el proveedor de carne número uno de los Bolos, en los tiempos de las guerrillas entre los Bolos y los Coludos.

—Preso no me devolvería las reses y por eso lo contraté como protector del ganado —repuso el viejo, serio el semblante.

—Y eso me jodió —se quejó Sebastián—. Ahora, si me robara una vaca, me parecería como si me mordiera las manos. Algunas veces penetro en el monte, voy a una finca ajena y enlazo una novilla y la paseo como a una novia durante horas y horas bajo la luz de la luna, hasta que se me van las ganas de robármela.

—Eso no me lo habías dicho, charlatán —lo enfrentó el viejo.

—Hay amores que nunca se revelan, don Chicho —replicó el hombre.

Una camioneta erizada de cachivaches, conocidas como guagüitas anunciadoras, irrumpió en el ruido cotidiano y con su propaganda de cremas milagrosas contra empeines, mazamorras y otras enfermedades cutáneas, logró sacar a aquellos dos hombres del laberinto en donde se habían metido. Los niños aprovecharon el retorno del pasado de don Chicho para informarle que irían con él.

—Sabia decisión, muchachos —dijo el viejo, y al entrar en la camioneta, agregó—: Antes de ir a la finca, vamos a pasar por la gallera a ver cómo andan mis gallos.

Salieron de la convulsión de Pedro García con la sensación de haber abandonado una fiesta, y se internaron en las serranías por una carretera asfaltada que dos kilómetros más adelante se hizo tierra, y luego, cerca de la gallera, se transformó en un paño de cascajo que crujía bajo las llantas de la camioneta con un murmullo de aguacero.

La estructura circular de la gallera, edificada con columnas de madera rústica y techada de cana, recordaba un coliseo romano en miniatura. Don Chicho estacionó en un solar atestado de vehículos, situado en el lado izquierdo del hervidero de voces que era a esa hora el negocio, ordenó a Edy que dejara la mochila en la cabina, que por estos lados no hay ladrones, muchacho, y con paso sólido de robot se condujo hacia el cuartito con forma de letrina donde una muchacha de amplia sonrisa vendía las taquillas. Compró dos para los muchachos y se las pasó al portero, un hombre corpulento, de cara colorada, salpicada de pecas.

—Hoy necesitará un macuto para llevarse los cuartos, ingeniero —bromeó el portero, echándose a un lado para dejar el paso libre.

—Eso espero, Zacarías —sonrió don Chicho.

Salvado el pasillo de tierra apisonada, de donde se apreciaba la parte posterior de las gradas en forma de peldaños de escalera, entraron de lleno al bullicio, cuyo campo sonoro subía o bajaba de volumen conforme se fueran desempeñando los gallos en el redondel de pelea. A Juan Robles, aquella enredadera de frases, aquella algarabía de voces, aquel estremecimiento salvaje le recordaron las veces que en el cine Luna se rompía la cinta del filme de artes marciales, generalmente en un momento culminante; el celuloide ardía por los bordes devorando al protagonista captado justo cuando lanzaba una formidable patada en pleno vuelo, un traqueteo de sillas que se cierran sobre su eje, como aplausos discordantes, inundaba la sala, y los cinéfilos empezaban a injuriar al operador de cabina: «¡Bizco, maldito bizco, te estás robando la película!». Y en el cono de luz proyectado hacia la pantalla se veían las sombras de los bagazos de naranja, zapatos y vasos de refresco que los espectadores lanzaban al blanco que les ofrecía el ventanuco donde a veces se posaba la silueta del proyeccionista.

—¿Primera vez en una gallera? —preguntó don Chicho a los niños, y éstos asintieron con la cabeza—. ¡Pues hoy sabrán si alguna vez van a sufrir del corazón!

Sebastián, de espaldas al grupo, como si fuera él y no el gallo el que picara, agitaba una mano como un látigo, entregado a la pelea, mientras decía «Dale, pinto, coño», con el fervor de quien se juega una fortuna en una espuela.

En el costado izquierdo del redondel, sentado ante una pequeña mesa provista de varios relojes de arena, atenta la mirada en el combate, se hallaba la figura regordeta del juez de gallos, un hombre de edad imprecisa que, por ser el menor de siete hermanos, apodaban Niñote. Don Chicho lo saludó con una palmada en el hombro, y el juez, volviéndose apenas, masculló unas palabras de cortesía, señaló con un brazo extendido el asiento del ingeniero y acto seguido, a través de un altoparlante, anunció: «Pierde el cinta azul».

Los niños, un tanto desorientados por la gran expectación que gobernaba ahora el recinto, pegados al pasamanos del redondel, contemplaban el gallo caído como a la espera de algún milagro. El gallo que, por estar parado, ganaba, a veces atenazaba con el pico la cabeza ensangrentada de su adversario, lanzaba un espuelazo desacoplado, y se quedaba después quieto, el aire distraído, como a la espera también de algún milagro.

—Sólo vine a ver cómo van mis gallos —dijo don Chicho, una vez que el juez dio por terminada la pelea—. La maldad de la espalda me tiene más tieso que una momia, y creo que si me emociono, aunque sea un poquito, me agrietaría como una botella.

Niñote lo miró con expresión apenada, tomó del bolsillo de su guayabera una libreta repleta de garabatos y símbolos que únicamente él podía descifrar, y procedió a pasar el informe de la actuación de la traba Moronta: «Cinco ganadas, una perdida y dos tablas. Si se aguanta, después de esta pelea, viene una suya. Su trabero debe estar ahora con el armador de gallos, en los rejones».

—De las tentaciones, líbranos Señor —dijo don Chicho con una sonrisa, y luego llamó a Sebastián y le ordenó que condujera a los niños a la palometa, detrás de la balaustrada de la última fila, un pasillo atiborrado de apostadores, tan elevado, que se podía tocar con la mano el entramado de hojas de cana del cielo raso, de donde se tenía una vista aérea del redondel.

Los muchachos siguieron al ayudante del viejo por una escalera temblorosa, estrecha como una caja de zapatos. A la entrada de la palometa, en la cima, el aire viciado, acre y opresivo, les golpeó el rostro. Abriéndose paso por entre los lugareños como por los troncos de un bosque tupido, encontraron una burbuja abandonada por un grupo que acababa de salir, se instalaron y, como un manto húmedo, la burbuja se cerró en torno a ellos, forzándolos a inclinarse un poco sobre la balaustrada.

Aferrado a la barandilla, los ojos sin mirada en dirección a los gallos que en ese instante saltaban uno sobre el otro como dos chisguetes de sangre, Edy Polanco pensó en el mar, en aquella superficie que llenaba de azul un recuadro de revista, que agitaba tiras de algodón en la pantalla del cine o de la televisión; en eso que desde muy niño imaginaba tibio, crepitante, enredado a su memoria con un susurro inmemorial, con un gorgoteo de lluvia contra las persianas. Él era un polluelo adormilado en aquel nido de voces, y no regresó a la gallera sino cuando Sebastián, sacudiéndolo por los hombros, vivamente emocionado, le indicó con un vozarrón que en unos momentos pelearía uno de los gallos de don Chicho.

Contrario a Edy, Juan Robles se había acoplado de tal modo a aquel barullo, que ya los jugadores parecían sus iguales; en medio de sus gritos de ánimo dirigidos a uno de los contendores, no faltó quien, desde las gradas bajas, abanicándole unos pesos ante los ojos para llamar su atención, pese a su edad, le propusiera alguna jugada. Pero como no entendía la jerga de los apostadores, como eso de "veinte dos", "diez uno", era para él ideogramas chinos, Juan Robles rechazaba con gestos de cabeza, sin perder el curso de la pelea. De vez en cuando, don Chicho lo miraba, complacido.

En cuanto su gallo favorito, un cenizo de porte pequeño pero ágil, sobresalió en el ruedo, después del intercambio de dinero entre los apostadores, Juan Robles, sonriente, se dedicó a dar la mano a aquellos que se la extendían en señal de triunfo, y platicó con ellos sobre los pormenores del combate, como lo hacía sobre los filmes con sus amigos del barrio al salir del cine.

Don Chicho no resistió ver al trabero con su gallo en las manos, preparado para soltarlo; saltó con torpeza la baranda y se lo quitó. Le calculó tres libras y seis onzas, siguiendo la costumbre irreprimible de evaluar el peso de sus aves con solo sostenerlas en las palmas, le pasó varias veces la mano desde el pico hasta la punta del rabo, y gallo en ristre, como si sostuviera un cuchillo, esperó la señal del juez de valla con la espalda tensa y el corazón oprimido de emoción.

Juan Robles, al verlo desde la cigua, se figuró a Roger Mc-Gregor en las competiciones de tiro al blanco, rodeado de vaqueros vociferantes, rifle en manos, a punto de disparar.

La señal fue dada. Roger McGregor soltó un fogonazo chispeante, encandilando el corazón del muchacho.

Don Chicho, para regresar a su asiento, saltó la baranda con la pesadez de un tronco que hacen pasar por encima de un muro. Los gallos, erizada la esclavina de plumas del pescuezo, saltaban uno encima del otro con un turbulento batir de alas, provocando una marea de gritos y voces en las graderías, que hacía temblar la gallera. Parecían, por el colorido del plumaje, dos ramos de rosas floreciendo, marchitándose, floreciendo, a una velocidad de espanto. El viejo, nervioso, por pura superstición, se soplaba los dedos bajo la creencia de que con ello calentaba las patas de su gallo, inyectándole más agilidad. A veces, emocionado, llamando la atención de su adversario, el agrónomo Tito Peralta, quien gritaba a dos asientos del suyo, lo conminaba a subir la apuesta, y el otro, más exaltado aún, aceptaba con un "va", que sonaba como un disparo en los oídos del viejo.

A los siete minutos sucedió algo que logró apagar la gallera, sembrando el desencanto: el gallo del ingeniero Moronta se echó a correr, huía de su contrincante pegado a la orilla del redondel como huyen las gallinas del hacha del carnicero. Si seguía así, pasarían los minutos reglamentarios y se decretaría indefectiblemente un empate.

Sebastián, al ver aquella manifestación de cobardía, conociendo a su jefe, se sobresaltó. «Pase lo que pase, no se muevan de aquí», le dijo a los muchachos, antes de abandonar la cigua.

Don Chicho, la mandíbula colgante acentuando su expresión de asombro, dejó de soplarse los dedos. Un frío cortante cruzó por su espina dorsal como si a lo largo de ésta resbalara un trozo de hielo. Las sierpes de sus manos movían sus dedos como quien juega con un chorro de agua. Esperó, atormentado por la impaciencia. Pero la cuarta vez que su gallo pasó frente a él, no aguantó más y explotó: «¡Los gallos de la traba Moronta no se mandan, carajo!». Sebastián, que, derramándose como un peñasco por las escaleras había logrado llegar hasta él, trató de calmarlo, tomándolo por los hombros. Don Chicho se lo desprendió como una bufanda. Saltó la barandilla vuelto una fiera y, cuando los corredores pasaron junto a sus piernas, se agachó y tomó con cierta delicadeza el gallo del agrónomo.

—¡Tome —le dijo al entregárselo—; ya usted ganó!

La gallera, íntegra, había enmudecido.

Juan Robles y Edy Polanco seguían los movimientos de su anfitrión aferrados a la balaustrada, como dos gatos arqueados en un alero al acecho de un ratón.

El viejo persiguió por un momento a su gallo sin poder darle alcance. Miró a su alrededor con una expresión de derrota, de profundo desaliento, y al descubrir en las graderías a un mozalbete que se dedicaba a pedir los gallos derrotados para llevárselos a su mamá, lo llamó: «¡Agárramelo, Tabito!».

El muchacho se abrió paso por entre los apostadores y, cercando el animal con los brazos extendidos, no tardó en entregarle el gallo al viejo. Don Chicho lo tomó por las patas. El gallo aleteó con la intención de alzar vuelo, arañando con las espuelas las manos del gallero. El viejo buscó la cabeza y la apretó como una rebanada de limón; vibraron estertores roncos y por sus dedos resbaló un hilillo de sangre. Soltó las patas y agitó el cuerpo del gallo tomándolo por la cabeza y luego lo tiró sobre la pana del redondel. El animal, al caer, emitió un quejido humano. El viejo, contraídos los músculos, llegó al paroxismo de la desesperación al ver que el gallo no se moría, seguía pataleando. Sacó la pistola. Gritos de alarma se encendieron en las gradas como bombillas de Navidad.

—¡Pretendes ahora huirle también a la muerte, hijo de la gran puta! —rugió. Acto continuo le hizo un disparo a boca de jarro y el animal, al fin, se tranquilizó. Lo tomó por una pata y, pasándoselo al mozalbete, más calmado, le dijo: «Toma, Tabito, para la cena».

Pero el muchacho lo rechazó con un gesto de horror, de viva repulsión, como si en lugar de un gallo le estuvieran ofreciendo una rata.

—¡Pero tiene una bala! —se alarmó.

—¡Mejor —replicó don Chicho—; ya no tendrán que sazonarlo!

Los muchachos contemplaron todo aquello con el gesto sombrío con que, ciertas noches, rayando las doce, en la casa de Edy y a escondidas de su tía que dormía como un tronco en el aposento que daba hacia el traspatio, veían la teleserie gótica *Sombras tenebrosas*, del vampiro Barnabás Collins.

Juan Robles estaba más afectado aún por aquel acto de barbarie, por aquella falta de piedad, debido al afecto que su abuela materna le había inculcado hacia estas aves. Antes del fallecimiento de la anciana, Thelma Santiago enviaba a los niños a pasarse las vacaciones escolares a la casa de la abuela, en el casco urbano de la ciudad de Puerto Plata. Era una casa espaciosa, fresca y sombría, de arquitectura colonial; a los niños les asombraban las altas puertas y los inmensos ventanales e imaginaban que alguna vez aquel recinto había servido de morada a un gigante. El patio, enorme, donde un seto de cayenas en flor rodeaba un sombrío bosquecillo de árboles frutales presidido por un vetusto cocotero, era el lugar perfecto para salir a aventurar. Un cordel, donde unas sábanas de retazos parecían colgar eternamente, lo dividía simétricamente en dos, como los velámenes dividen la eslora de los barcos.

No bien se instalaban en la casa, la abuela los tomaba de las manos y salía con ellos al mercado, a la pollera. Metía las manos en un cesto pululante de pollitos amarillos, sacaba uno, se lo pasaba a Juan Robles, sacaba otro, se lo entregaba a Teresa, y no con poca solemnidad les decía: «Estos son sus hijos». Por el camino les detallaba sus responsabilidades para con los animales: alimentarlos, vigilarlos, protegerlos de los gatos.

Teresa al principio lo sostenía con cierto temor, como si se le fuera a quebrar en las manitas como un tiesto de barro, pero luego le tomaba un aprecio tal, que se pasaba todo el santo día prodigándole atenciones; lo peinaba y arreglaba con su juego de tocador, le fabricaba corbatas de papel, zapatitos de cartón; le ponía lápiz labial y hablaba con él como lo haría con un ser humano.

Juan Robles a veces la imitaba, pero rápidamente se cansaba de aquel juego, echaba el pollito en una caja y se lo llevaba al fondo del patio, donde tenía escondido, entre los troncos de las cayenas y los matojos, un rebaño de ovejas, vacas y caballos, fabricados con cintas de hojalata dobladas de modo que se parasen en cuatro patas.

Con los días los pollitos cambiaban el plumaje a un blanco intenso aunque el de Teresa un poco estrujado, dejaban de piar y ya al final de las vacaciones entregaban sus hijos adoptivos a la abuela hechos pollos adultos, Teresa llorando y Juan Robles con un nudo en el corazón.

Por eso, aferrado a la balaustrada de la cigua, Juan Robles observó aquella falta de compasión del viejo, aquel salvajismo, con el gesto de impotencia con que el soldado abatido observa desde su escondite la matanza de sus compañeros. El disparo de don Chicho retumbó en su alma como una roca que rueda por un precipicio.

Juan Robles recordó de pronto, al cerrar los ojos con la deliberada intención de borrar todo aquello, la pregunta que Teresa siempre formulaba a la abuela al empezar las vacaciones.

—El pollito del año pasado, abuela, ¿dónde está?

Y la abuela solía responder con un gesto de sana picardía, con aquella expresión dulce y amarga con que la vería por última vez a través del cristal de su ataúd.

Abrió los ojos con la furia trocada en un profundo desaliento, como si un silencio antiguo, emanado de aquel semblante dulce y lejano, consolara un poco su corazón. Allá abajo, don Chicho sostenía el gallo como un trapo y se lo extendía a un jovenzuelo. Parecía decaído, extenuado, como a punto de perder el sentido. Sebastián y Niñote le tomaban por los brazos y lo sacaban del redondel como una cruz.

Edy tocó el hombro de su compañero y los dos se escurrieron entre los apostadores y tomaron la angosta escalera. Un paso antes de la salida, Juan Robles retuvo a su amigo por el antebrazo: «Estamos en manos de un loco, Edy», le dijo.

—Ya me di cuenta —respondió éste.

—¿Qué vamos a hacer?

Edy Polanco bajó la cabeza, indeciso. Si bien el viejo no estaba en su cabal juicio, como estimaron, hasta el momento los había tratado con afabilidad y simpatía. Afuera apenas quedaba el último soplo de luz del atardecer. El resplandor rojizo del sol poniente reverberaba en el pasillo con una iridiscencia febril. Por la inmovilidad en que los había convertido la duda y la irresolución, los muchachos parecían dos estatuas instaladas una enfrente de la otra en la capilla de un mausoleo. Pero de pronto, la ignición de un motor y los toques de un claxon les cortó el aliento. El temor de ser abandonados por el viejo, el pavor de quedarse atorados en aquel paraje desconocido en pleno anochecer, les despertó el instinto de conservación y los impulsó a salir como un estornudo de la boca de la gallera, hacia la camioneta del ingeniero Moronta.

Incitados por Sebastián, los niños entraron en el vehículo. Don Chicho parecía haber escapado de una emboscada; su rostro había palidecido, vibraciones nerviosas desarmaban su mandíbula colgante, y las culebras de las manos, antes alegres como bailarinas, semejaban ahora dos barras de acero soldadas al volante. Una de ellas, como un desgarrón, se desprendió del guía, se hundió en un hueco bajo el asiento, mordió algo y seguidamente lo llevó a la boca de su amo: era una botella de ron. El viejo bebió con los ojos cerrado, y sus ajadas mejillas se llenaron de sangre.

La camionera salió del solar levantando una nube de polvo, y se precipitó por la carretera con un chirriar de tuercas. La noche se fue posando en los faros con la quietud con que el vapor nubla los espejos. A ambos lados de la vía, casuchas de ventanucos iluminados y a lo lejos, la silueta enorme de las montañas, salpicada de luces palpitantes. Don Chicho ordenó subir el cristal para evitar la brisa fría que ya incordiaba a los muchachos, pasó la botella de ron y luego, como para tranquilizar su conciencia, dijo, entre dientes: «Tuve que hacerlo para no echar por tierra el prestigio de la traba Moronta».

Los niños guardaron un silencio comprensivo, aunque Juan Robles, en su fuero interno, ardía en deseos de encararlo, de reclamarle. Por el abatimiento que reflejaba el rostro del viejo, mezcla de contrición y remordimiento, el niño pudo medir hasta cierto punto el amor que también don Chicho le profesaba a estas aves.

—Aprendan esto, muchachos, ahora que ustedes están emplumando: un gallero es para sus gallos como Dios para los hombres; y yo me atrevería a afirmar, sin temor a incurrir en una blasfemia, que por el cuidado que le pone desde antes de nacer, desde que es apenas una célula dentro de un cascarón hasta que la vejez le enmaraña el plumaje; por la alimentación esmerada, el cobijo, la protección y ternura que le brinda durante toda la existencia como ningún padre ha hecho ni hará nunca por un hijo, me atrevería a afirmar, repito, que el gallero es más que un dios para sus gallos.

Don Chicho hablaba con solemnidad sacerdotal y, con el rabillo del ojo, sondeaba a sus acompañantes.

—¿Por qué mató el gallo, entonces? —se envalentonó Juan Robles, destiñendo la atmósfera de paz que el viejo había instalado en la cabina, tanto con sus palabras como con el tono de arrepentimiento con que éstas fueron expuestas. Edy Polanco, sobresaltado por el tono desafiante de la pregunta, golpeó con el codo a su amigo, en un intento de frenarlo. Juan Robles respondió a su vez con otro codazo, más evidente que el de Edy, luego de lo cual volvió a encarar al viejo con la misma pregunta. Don Chicho sonrió con ironía.

—Yo juraba que esa pregunta vendría de Edy, quien, en la cigua, en lugar de en una gallera, parecía estar en un funeral —dijo el viejo con voz tranquila—. No de ti, Juan. ¿Acaso no eras tú aquel muchacho que, agitando las manos, gritando y aplaudiendo, incitaba a uno de los gallos a aniquilar al otro?

Juan Robles bajó la cabeza, avergonzado. Don Chicho continuó, implacable:

—Si mis ojos no me engañan, una vez que uno de los gallos salió vencedor y dejó a su contrincante regurgitando sangre en la felpa del redondel, ¿no eras tú, Juan, aquel muchacho que, lleno de alegría, de evidente emoción, saludaba y felicitaba a los jugadores como a sus iguales?

—Pero eso es diferente —se defendió Juan Robles, con el rostro bajo y la voz entrecortada.

—¡Diferente! —exclamó el viejo—. A ver, explícate. No sabes el deseo que tengo de escucharte.

Edy Polanco abrazó su mochila con la invalidez de un náufrago, sospechando que en cuestión de segundos el viejo frenaría el vehículo, los miraría con sus ojos de loco y gritándoles groserías los mandaría a paseo. Miró a su alrededor —los faros penetrando las tinieblas, el rostro ahora adusto y un tanto siniestro de don Chicho, Sebastián acurrucado en un rincón de la cama, junto a los racimos de guineos— con la expresión aturdida del animal herido que busca un agujero donde refugiarse. En el silencio que se creó cuando su compañero buscaba las palabras, Edy dijo algo para darle otro rumbo a la conversación, pero nadie le hizo caso.

—Es como un duelo —continuó Juan Robles, tratando de explicarse—; un duelo entre dos vaqueros, ¿entiende?, sin ninguna ventaja para ninguno. Empieza el conteo, sueltan los gallos, y el primero que saque su "Colt", ¡zas!, gana, y sanseacabó.

El ingeniero Moronta, al escucharlo, empezó a carcajearse. Edy lo secundó con una risa más estrepitosa, como buscando con ello que las aguas volvieran a su cauce.

—¡Un lance de honor! —exclamó don Chicho, sin dejar

de reírse—. ¡Ves en ello un lance de honor! Sabes una cosa, muchacho, tal vez tengas razón. ¿Sabes por qué? Porque (y esto lo he pensado muchas veces, te lo juro) si yo fuera gallo, preferiría mil veces ser gallo de pelea que pollo de gallinero. Y la razón es obvia y no vale la pena analizarla, y menos ahora que estamos llegando a nuestro destino.

Don Chicho, tras lo dicho, apretó el freno, giró el guía hacia la derecha, remontó un camino empinado, rodeado de árboles, que poco después se precipitó en picada hacia una cañadita pedregosa que con la luz de los faros se llenó de perlas.

—Muchachos, ¡les presento mi felicidad!

El viejo se refería a la finca que empezaba justo después del riachuelo, no a ese raspón oscuro, rasgado de arbustos, que él señalaba en ese instante con notable emoción. Los muchachos enderezaron la espalda con la intención de vislumbrar entre la oscuridad reinante algo concreto que representara la felicidad del viejo. Por espacio de dos minutos nada apareció, pero después, por encima de un colchón de hierba de corte para ganado, bajo la silueta fantasmal de una caoba, se dibujó un cobertizo alumbrado por bombillas que como una visera salía del frontispicio de una cabaña de madera, con tejado a dos aguas. Delante del cobertizo se apreciaba, recortada contra la luz, la silueta de una mujer.

Antes de llegar, don Chicho detuvo el vehículo junto a un trillo que se abría en el pastizal; Sebastián saltó, dio las buenas noches y se perdió en el humo de la oscuridad. Al fondo, tras una profusión de ramas, se dibujaba el cuadrado iluminado de una ventana.

Estacionada la camioneta bajo las largas ramas de la caoba, los muchachos se desmontaron y por un momento se dedicaron a desentumecerse, estirando las extremidades, bostezando. Una mujer de mediana estatura, cabellera negra y un rostro infantil que contrastaba con su porte robusto pero no por ello poco elegante, abanicando los brazos con expresiones de alarma, de inquietud, sin reparar en los muchachos, fue a ayudar a don Chicho a salir del vehículo.

Sorprendió a los niños la debilidad repentina, el singular desfallecimiento que ahora mostraba el viejo, como si con el simple contacto con aquella mujer se le hubiese salido el alma.

El cobertizo protegía una especie de sala de estar, amplia, de piso adoquinado, presidida por una enorme mesa rectangular, encima de la cual descansaba una fuente de vidrio en forma de cisne, rebosante de mangos y naranjas, de donde emanaba un olor dulzón que se mezclaba con el aroma a pasto, a leche tibia, a ganado vacuno que provenía de los alrededores. Las doce sillas de la mesa estaban forradas de piel de res sin trasquilar, una de ellas acojinada, en la cual Lucía, regañándolo como a un rapaz, lo sentó; lo peinó con los dedos, le arregló el cuello de la camisa, y le colocó la mandíbula en su lugar con mil monerías hasta devolverte cierta dignidad.

Uno de los brazos de don Chicho, tras escabullirse de las atenciones de la mujer, se dedicó a hacer señas a los niños, a ordenarles que se acercaran y tomaran asiento. Los muchachos obedecieron. Lucía, al revisar los dedos del viejo como lo haría con un niño, pegó el grito en el cielo:

—¡Virgen Santísima! ¡Usted trae las manos más ensangrentadas que un carnicero! ¿A quién atropelló por el camino, don Chicho, a un buey? —y dirigiéndose a una adolescente, de apariencia tímida y recelosa, que en ese momento se había parado en el vano de la puerta de la cabaña, gritó—: ¡Rápido, Margot! Trae jabón y una ponchera con agua.

El ingeniero Moronta la calmó refiriendo con parquedad el incidente de la gallera. Lucía lo regañó y luego, ocupándose de los muchachos, que la observaban con notable curiosidad, quiso saber de dónde el viejo los había sacado. Don Chicho explicó con un par de frases lapidarias y la mujer, mirándolos ahora como si mirase a dos especies en vías de extinción, exclamó: «¡El mar!»; soltó una risita que ocultó con las dos manos y, seguidamente, con un gesto de preocupación, preguntó si los niños tenían permiso de sus padres.

Don Chicho intervino:

—Déjalos, mujer. —Y mirando a los muchachos, filosofó—: Hagan y deshagan antes de que les nazcan los escrúpulos, esas tenazas que frenan de hacer lo que le venga en ganas al hombre salvaje, pero realmente libre, que habita dentro de nosotros.

Lucía, sin reparar en la parrafada del viejo, volvió a interpelar a los muchachos sobre sus padres.

Ante el silencio de ellos, la mujer, como si su pregunta hubiese de pronto perdido importancia, se dio un fuerte manotazo en la frente; se zafó del costado del viejo como se desprende una cáscara de un tronco, y exclamó: «!Dios mío, si deben de estar muertos de hambre!» Entró corriendo en la cabaña, sonaron tiestos metálicos, y en poco tiempo salió a poner la mesa.

—Es mi mujer —dijo don Chicho, con cierta picardía—. Es un poco distraída pero más buena que el pan. Nunca me ha tuteado y me cuida como a un hijo, pero, no crean —murmuró por lo bajo—, a la hora de bailar mangulina, no esperamos a que empiece la música.

Margot, frunciendo la cara, salió con una ponchera de agua, dio unos pasos de equilibrista y la colocó sobre una mesita de largas patas, adosada a la pared, bajo una ventana, de donde colgaba como una lengua una toalla marrón, junto a un pilón de café y un montón de canastos de mimbre. Luego desapareció, se escuchó el chirrido de una puerta y los acordes cansinos del anuncio comercial del jabón *Heno de Pravia*, que se ahogaron tras un leve portazo. El viejo se puso de pie e invitó a los niños a lavarse las manos con él.

—¿Qué le encontró el doctor, don Chicho? —preguntó Lucía, al colocar una alfombrilla de guano frente al viejo, una vez éste regresó a su asiento. Apoyando una mano en la mesa, la mujer se pasmó por un instante, con el gesto adusto de las estatuas, en espera de la respuesta. El ingeniero Moronta se llevó las manos a la espalda, arqueó la columna vertebral con un gesto de dolor, y dijo:

—¿Por dónde quieres que empiece, cariño? ¿Por la almorrana o la artritis? Degeneración de la espina dorsal, llamó el doctor Pellerano a las mordidas que siento en el caballete. Aseguró que tengo unos discos en la columna que son más viejos que yo, me superan en edad. ¡Imagínate! Esos huesos me llevan diez años, por lo menos, y, como para acabarme de joder, se han dado a la tarea de hincarle el diente a los nervios que se les acercan, sacando el hocico como los perros rabiosos.

Lucía se secó las manos con un vuelo del delantal a cuadros que se había puesto para poner la mesa, y luego le pasó las manos por las mejillas al viejo, con un gesto maternal.

—En definitiva, Lucía —continuó don Chicho—, que casi tocando fanfarria, riéndose burlonamente, el hijo de puta me declaró anciano. "Usted, ingeniero, de viejo ya pasó a anciano; cómprese una botella de vino y celebre su nuevo estatus, ahora que aún puede, y dedíquese a vivir a plenitud".

—Te habrá insultado por haberlo molestado un domingo —consideró Lucía, serio el semblante. Miró por encima del hombro a los muchachos, que escuchaban con un dejo de cansancio pero con visible interés, y les dijo—: Ustedes lo ven ahí, más enfermo que Lázaro, pero desde que me siente el calor en el aposento, se pone más sano que una manzana.

Don Chicho soltó una carcajada. Al punto, apareció en la

puerta de la cabaña un niño colorado y rollizo, en pantalones cortos, estrujándose los ojos. Tenía en las piernas una constelación de picadas de mosquitos.

—Ya se despertó su nieto, don Chicho —anunció Lucía, y se encaminó hacia la cabaña, de donde salió enseguida cargando un caldero, el cual, con pasos vacilantes, colocó en la mesa, sobre una tapete de guano.

—Es de mi hija mayor. Tiene cuatro años y vino a mejorar su español antes de entrar a la escuela. ¡Shawn, venga acá! —gritó el viejo.

El niño, timorato y remolón, se acercó. Don Chicho se lo llevó a las piernas tensando la espalda, apretando las mandíbulas con un gesto de dolor, pero Lucía, regañándolo, se lo apeó y lo sentó junto a él, frente a Juan Robles y Edy Polanco, que ya, hambrientos, daban buena cuenta de los plátanos con pollo guisado que les había servido la mujer.

El niño, sosteniendo un muslo de pollo al revés, no por el asa natural con que vienen los muslos de pollo, lo mordió; después se quedó un instante examinándolo con intensa curiosidad.

—*Grandpa* —dijo—, ¿estos son los ojos del pajarito?

Don Chicho lo miró, sin entender. Lucía, parada en el umbral de la puerta de la cabaña, soltó una risita, tapándose la boca. Los muchachos también se rieron, sorprendidos con la pregunta.

—Estos muchachos de por allá son más salvajes que si lo tuviesen enjaulados —comentó Lucía—; mire que preguntar si el muslo del pollo es los ojos del pajarito.

—*Grandpa* —volvió a preguntar el niño—, ¿es ésta la cabeza del pajarito?

—No, mi hijo, no —respondió don Chicho—; ese es el muslo del pajarito.

El niño, por el modo en que le hincaba el diente a la pieza de carne, embarrándose de salsa grasienta las mejillas, parecía tener bien separado en su cerebro el concepto de "pajarito" y de "comida", pues la expresión de su rostro no denotaba compasión alguna por el animal que sabía estaba devorando. Su interés por determinar qué parte del pajarito le servía de alimento, no era mayor que el que pondría en encontrar una pieza perdida de un rompecabezas para así hacerse una idea de conjunto del mismo.

Don Chicho lo miró por un instante atónito, en cierto modo desconcertado con aquel contraste, y no bien el niño volvió a preguntar que si el muslo era la cara del pajarito, sacudió la boca belfa y con gran alboroto ordenó a Lucía que llamara a uno de los trabajadores, para que fuera a la traba a traerle un gallo. La mujer, rezongando, se perdió por un costado de la cabaña y casi en el acto empezó a dar voces: «¡Teniente —gritó al reconocer la voz de quien respondía—, lo llama don Chicho!»

Poco después brotó de la oscuridad la figura alta y encorvada de un anciano, de piel tan negra que sus ojos y sus dientes resaltaban como una bombilla en la selva. Lampiño de cejas, de debajo de la gorra estrujada con que iba tocado brotaban unas greñas entrecanas como suelen las yerbas rodear las rocas. De su cuerpo emanaba un olor rancio a leche cortada, a suero, a pesebre de cuadra.

—¡Y esa sombra que viene por ahí! —bromeó el ingeniero, y el anciano mostró la luz de sus dientes al sonreír. —Teniente —le dijo—, hágame el favor de traerme una de las monas, el cochambroso con que entrenamos al pinto y a los dos cenizos ayer en la mañana.

En cuanto el teniente regresó con el gallo, don Chicho, sosteniéndolo, le calculó por costumbre tres libras y una onza; levantó las plumas de una pata como si levantara la falda de encajes de una mujer, dejó al descubierto el muslo del gallo y se lo mostró al niño.

—¡Ah! —comprendió el menor—. Es el muslo del pajarito.

Don Chicho suspiró, con un gesto de satisfacción. Los muchachos, mientras tanto, miraban al niño como a un bicho raro, como a un ser llegado de otro planeta. Lucía sirvió una ración de comida al anciano, quien, tras sentarse en el extremo opuesto del ingeniero, se quitó la gorra traposa y las marañas de su pelo algodonoso empezaron a beberse la luz de la bombilla. Cuando el ingeniero Moronta terminó de comer, la mujer, desde la puerta, le dijo: «¿Un poquito de café, don Chicho?»

—Tráigalo, mi hija, que el hombre tiene que tener algún vicio.

—Pero usted los tiene todos, don Chicho —se carcajeó el teniente.

Los muchachos también se rieron.

—No me caliente con mi mujer, teniente —se quejó el viejo—; recuerde que las mujeres dudan más de lo que ven que de lo que oyen.

—*¡No me caliente con mi mujer, teniente!* —repitió el anciano emulando el tono de voz y los ademanes de don Chicho con tal fidelidad, que los muchachos quedaron estupefactos.

—Habló igual que usted, don Chicho —señaló Edy Polando, rompiendo el silencio en que él y su compañero se habían encerrado.

—*¡Habló igual que usted, don Chicho!* —moduló el anciano, tras tragar un bocado de pollo, con el metal y la inflexión de voz de Edy. Los muchachos lo miraban fascinados.

—Este galipote nació con ese don —aclaró el ingeniero Moronta y, dirigiéndose al anciano, le dijo—: Teniente, cuéntele a mis huéspedes cómo consiguió escalar jerárquicamente en la milicia, hasta llegar a teniente, haciéndose pasar por Trujillo.

El anciano, al escuchar la petición de don Chicho, pareció atragantarse; carraspeó, tosió con bruscos movimientos de cabeza, alejando el plato con las dos manos como si rehuyese un peligro. Lucía lo asistió con fuertes palmadas en la espalda. Juan Robles se puso de pie y después de servirle agua en un vaso, se la dio a beber. Los ojos del teniente se aguaron mientras bebía y en las dos lágrimas que rayaron sus mejillas se echó a nado un rayo de luz.

—Usted agarra a uno por la retaguardia, don Chicho —dijo cuando se recompuso—. Recuerde que el cuerpo de Trujillo aún está caliente en su tumba, y como están las cosas con Balaguer en la silla del difunto, no he de dudar que los calieses, que andan aullando por los montes detrás de supuestos guerrilleros comunistas, aún anden tras de mí.

—¡Déjese de estar viendo fantasmas, teniente! ¡Anímese, hombre! —lo espoleó don Chicho—. ¿Acaso estos muchachos tienen cara de chivatos?

El anciano rezongó, receloso, emitiendo unos sonidos guturales.

—Uno nunca sabe —se cuidó, mirando con desconfianza a los menores—. Lo que para uno es llovizna para otro es tempestad. Usted cuenta el chiste a estos muchachos, ellos hacen reír a algún amigo, el amigo lo confía a otro, hasta que la bolita se detiene en los oídos de algún calié, y entonces es el lloro y el crujir de dientes.

El teniente creyó que con su excusa había podido convencer a don Chicho de que le guardara el secreto, pero éste, sonriendo maliciosamente, empezó a relatar las vicisitudes del teniente Lizardo Rojas, con el placer con que un adolescente refiere a sus amigos las incidencias de su primera aventura amorosa.

Lucía trajo una cafetera de cuello de cisne y después de servir a los presentes una taza humeante, como si rescatara al niño de acontecimientos funestos a punto de desencadenarse, lo tomó por un brazo y se lo llevó consigo a la cabaña. Los muchachos se volvieron hacia el rostro ahora alterado de picardía de don Chicho, inflamados de curiosidad. Juan Robles, conforme el viejo desplegaba la trama, inquieto el corazón, fue sintiendo la telaraña con que las novelitas de vaquero lo envolvían hacia el final de la historia. Muchas veces, en el salón de clases y a escondidas de los maestros, asaltado por el deseo irreprimible de terminar el libro, lo abría bajo la tapa del pupitre, y se marchaba por unos instantes hacia el Viejo Oeste, de donde regresaba con el cúmulo de emociones del bañista que, habiendo saltado del trampolín, aún no ha tocado el agua.

—Como además de tener buena formación (había sido maestro de escuela) vendía una imagen de hombre sencillo y discreto, se lo engancharon como un cortaplumas a un coronel apellidado Correa, uno de los brazos fuertes de la dictadura, dedicado, no a zapatear los salones en las numerosas fiestas de que solía disfrutar el tirano, sino a investigar, para apearle luego los frutos, a aquellos que, cebándose del régimen, se atrevían no sólo a florecer sino también a mostrar las flores.

El ingeniero Moronta hablaba con una pululante sonrisilla en la comisura de los labios, que a veces se deslizaba hacia las mejillas y le provocaba ligeros temblores. El teniente, aunque se dejaba desnudar del viejo sin ningún rubor, no dejaba escapar los espacios de silencio con que don Chicho cargaba de suspenso la historia, rellenándolos de protestas y quejas y desmentidos.

—Perspicaz y cauto, el raso Lizardo Rojas, nuestro teniente aquí presente —señaló don Chicho, recibiendo del viejo una mirada desconfiada—, habiéndose codeado, bajo la solapa de su padrino, con la crema y nata de la familia Trujillo, no bien hubo detectado el mecanismo con que el Generalísimo armaba y desarmaba sus regimientos militares con una simple llamada telefónica a la División de Inteligencia de la Secretaría de las Fuerzas Armadas, conocida como J-2, empezó a servirse de su virtuosismo prosódico del que acaba de hacer gala ante ustedes, muchachos, e imitando la voz del mismísimo Rafael Leonidas Trujillo Molina, llamaba por el teléfono de un almacén al J-2, y, créanme, no para saludar. Con cuentagotas, para no levantar sospechas, se fue agenciando unas cuantas rayitas, hasta que, víctima de la ambición y el ego, el asunto se le salió de las manos.

—¡Mentira, don Chicho! —exclamó en este punto el teniente—. ¡Así no fue! ¡Así no fue! ¿Usted cree que con el J-2 se jugaba, carajo?

—Tranquilo, teniente, tranquilo —replicó el viejo—; o cuenta usted la historia o la cuento yo —añadió, mirando por un rato inquisitivamente al anciano—. Si soy yo —prosiguió—, entonces no se queje ni sorprenda del modo con que las terceras personas suelen adornar las historias, tanto más cargadas de prendas y abalorios cuanto mayor es el tiempo transcurrido desde la última vez que las contaron. Lo importante, por lo demás, es preservar la esencia, el esqueleto, que en su caso es ascenderlo a teniente antes del final, y luego soltarle los perros.

—¡Ay, amigo mío! —suspiró el anciano, dirigiendo una mirada de clemencia al techo—. ¡No imagina usted cuánto desearía, en este momento, librarme de las angustias que padecí y aún padezco, transformándome en el personaje de la historia que usted está refiriendo, y dejar de ser el hombre codicioso que, por engordar su ego, amargó el último tramo de su vida!

Los muchachos miraron al teniente con un gesto de profunda contrición, apagado de un manotazo por don Chicho, quien, con un humor mordaz, consiguió reponer en los niños la alegría interior con que ellos seguían el curso de la tragedia del anciano. Al verse sitiado, el teniente suspiró y dio algunas aclaraciones.

—Si bien es cierto que llamé al J-2, no fue para pedir ascensos. Yo sólo me limité a decir, haciéndome pasar por Trujillo, que al raso José María Lizardo Rojas, ayudante del coronel Correa, en lo adelante lo trataran mejor, como un hijo legítimo del gobierno, por haber favorecido al Generalísimo con unos servicios especiales.

—¿Cuáles fueron esos servicios especiales, teniente? —se interesó Juan Robles.

—No lo sé —dijo el anciano—. Una vez que me puse los pantalones, ¡porque había que tener pantalones para un travesura semejante!, y tomé el teléfono, no se me ocurrió otra cosa.

—¿Y si en el J-2 le preguntaban? —inquirió Edy Polanco.

—¡Preguntarle a Trujillo! —exclamó el teniente, los ojitos desencajados, dejando caer sus dedos tiesos y nudosos sobre la mesa, que produjeron un temblor de cristales—. ¿Quién se atrevía en pleno régimen? ¡Mejor era volarse la tapa de los sesos!

El ingeniero Moronta, con una ansiedad que excitaba su organismo y le hacía llevar las manos constantemente a la molestia de la espalda, intervino:

—Luego de la llamada, al teniente empezaron a prodigarle más ternura que a un perrito faldero. Lo ascendieron a cabo y se lo desengancharon al coronel Correa, a quien gracias a otra llamadita de "Trujillo" lo aperrearon hacia la frontera, que era como mandarlo a cavar su propia tumba.

—De cabo a sargento —se lamentó el teniente, con una expresión de angustia en la cara—, de sargento a sargento mayor, de sargento mayor a segundo teniente... Cada vez que pegaban con chincheta en el panel de corcho del Comando Superior del Ejército la lista de los nuevos ascensos, aparecía mi nombre. Al principio mis compañeros de arma lo recibieron con alegría y cierta envidia sana, "debe de ser porque entró viejo a la guardia", comentaban; pero cuando el asunto se convirtió en diarrea, muchos me volvieron la espalda, otros me miraban con un recelo rayano en miedo, bajo la sospecha, bien justificada, de que en algo oscuro andaba metido el escribiente Lizardo Rojas. En ese entonces estaba completamente ciego, no podía ver más allá; sólo me importaba escalar jerárquicamente, mostrar los galones, las rayas, escapar de la invisibilidad, ¡porque un guardia es una vaina invisible!, sin siquiera vislumbrar que aquella invisibilidad era mi protección, mi escudo. —El teniente apuró un trago de café, sin apartar la mirada de los niños—. Una vez que llegué a teniente —continuó—, todos me empezaron a ver, a fijarse en mí. Me sentía como un actor novato bajo las luces de un teatro, aturdido y nervioso, a la espera de los aplausos o los abucheos. —El teniente suspiró, con un gesto de turbación—. Las miradas de los demás me hicieron comprender la magnitud de la trampa que yo mismo me había tendido...

—El pendejo volvió a telefonear al J-2 —se adelantó don Chicho— buscando, con subterfugios, detener la hemorragia. El teniente sabía que el ordenar literalmente que no volvieran a ascender a Lizardo Rojas, habría desencadenado la catástrofe que ya le pisaba los talones. Pero sus piruetas verbales de nada sirvieron —dijo, mirando con ponderación al anciano—. Sepan —agregó, volviéndose hacia los niños—, ahora que ustedes están emplumando, que los guardias no entienden de metáforas ni de ocho cuartos; hay que hablarles como a los niños, con frases claras y concisas, sin rebuscamientos. Ante una orden impartida de otro modo, bajo el influjo de una imaginación retorcida, son capaces de cometer barbaridades inimaginables.

En ese instante la luz de la bombilla se intensificó de tal modo, que la superficie de la mesa adquirió nuevos matices, los mangos del frutero brillaron como brasas y la sombra de la pequeña ciudad que levantaban los objetos pareció acentuarse. «Apagaron la televisión —dijo don Chicho—; ya se acabó la novela». Se escuchó un leve portazo, cuchicheos y risitas. El ingeniero Moronta se quedó mirando el hueco de la puerta con la certeza de que de un momento a otro en él aparecerían las mujeres, pero después de un instante, renegando de su intuición con un mohín, volvió a su asunto.

—Encontrar su nombre en el memorando de los ascendidos a teniente, fue para nuestro amigo como leer su propia lápida. Trujillo, que se preciaba de conocer al dedillo a los miembros de su Armada, particularmente a los altos mandos, al revisar la lista llamó al J-2 para averiguar qué gallina había puesto aquel huevo.

—En el J-2 parecía que había estallado una granada —intervino el teniente—. Un nerviosismo general se apoderó de la fortaleza. Cuando esa mañana me comunicaron que me vistiera apropiadamente, que un comando especial venía en mi busca para trasladarme a la capital, pues Trujillo quería conocerme, ya sabía que la sopa estaba en su punto, así que la apeé del fogón para que no se echara a perder. —El rostro del teniente se iluminó con una alegría maliciosa—. Eché mis cosas en un bulto, escapé por una ventana del segundo piso, tomé un caminito sombrío que penetraba por un pinar, en la parte posterior de la fortaleza, a través del cual, brincando una verja, se llegaba a un descampado. Seguí caminando hasta refugiarme en las tierras del ingeniero Moronta. Trujillo, dondequiera que esté, aún me debe estar esperando.

Los niños se rieron a sus anchas, aplaudiendo como ante una representación teatral, pero callaron de pronto al ver a Margot asomada a la puerta, en traje de baño de dos piezas, de color azul con estampados de veleros amarillos. En su cuerpo de niña las sinuosidades de la adolescencia habían brotado de tal modo, que quien la observara con una lupa, aumentada proporcionalmente apenas unos centímetros, habría visto a toda una mujer.

Don Chicho, sonriente, al verla, la llamó.

—Gogo, ven acá, muchacha. —La niña se acercó con aire resuelto, se paró al lado del anciano y miró con suficiencia de adulto a los menores—. Yo no sé cómo ustedes se las arreglan para ver esa televisión. Las personas parecen cebras de tantas rayas, y los días nublados como hoy, cuando las baterías no consiguen suficiente carga de los paneles solares, la imagen de la pantalla se encoge y se agranda como un corsé. ¿Ya terminó el disparate ese de novela?

La niña asintió.

—Pues cuéntame, mi hija, ¿en qué quedó hoy?

—Se besaron —respondió Margot con una mezcla de vergüenza y emoción—. Los protagonistas se reconciliaron y se besaron. Creo que no pasa de una semana sin que se acabe. Sólo falta que se casen y sean felices para siempre.

Don Chicho le tomó una mano con aire paternal.

—Ay, mi niña —le dijo—. Si la felicidad eterna empezara justo con el matrimonio, para entrar en las iglesias habría que hacer una fila del ancho del mundo. Después del matrimonio es que la puerca retuerce el rabo. Los guionistas de telenovelas la saben, pero, acaso para no complicarse la vida, no se van más allá, hacia la papa caliente, creando en ustedes, los que ahora están emplumando, una ilusión propia de cuentos de hadas, de la cual, a mi edad, se abomina, pero a la vez se la deja pasar con indiferencia. La felicidad —filosofó paseando la mirada alrededor de la mesa— siempre se encuentra ante nuestros ojos, oculta bajo el velo más simple, como el fuego en un palito de fósforo. —Sacó una cerilla de la caja que llevaba en el bolsillo de la camisa, y la levantó hacia los presentes como un cáliz—. Uno se detiene en esta cabecita escarlata —agregó, ensimismado— y piensa: ahí está el fuego, agazapado como un felino, esperando el momento justo para saltar hacia la existencia, para consumarse y consumirse; en esos elementos, una mezcla, para que aprendan, muchachos, de trisulfuro de antimonio y un oxidante (normalmente dicromato potásico) aglutinados con cola, en ese matrimonio químico, se esconde el fuego en todo su esplendor.

Guardó silencio por un instante, contemplando la cerilla con la fascinación del niño que mira por primera vez el esqueleto monumental de un dinosaurio. La rayó, la barrita de madera emitió un leve chirrido, y su rostro resplandeció como un santo de yeso en una cripta, al que se le acerca una antorcha.

—La felicidad —continuó, más tosca la voz, repasando los rostros embelesados de los niños— no se gana ni se consigue: se arrebata. Todos los días hay que salir con el cuchillo en la boca a desprenderla de donde esté adherida. Pero hay que, como el fuego, saberla manejar; darle paso sólo en el presente, expulsarla del pasado para así librarnos de las alimañas de la añoranza, de ese deseo de regresar al lugar en donde siempre hemos querido estar.

Don Chicho calló de pronto, temblorosa la mandíbula, la mirada invadida por una expresión de espanto, de viva inquietud; pero a los niños les pareció que sus palabras continuaban derramándose en el silencio, mustias, sombrías. Un trueno restalló de pronto como una pedrada en el cobertizo, sacando al viejo de su languidecimiento. Pese a reír con la intención de conjurar el susto, su rostro preservaba, ya descascarado, el barniz misterioso con que suelen las pesadillas abandonar a sus víctimas.

Margot, que siguió las palabras del viejo como se sigue un camino tortuoso, al notarlo más calmado, le dijo:

—Pues yo, don Chicho, sí que seré feliz. Desde que termine los estudios, me busco un muchacho joven y buenmozo, me caso y...

—¡Ay, mi hija! —la interrumpió el viejo—, a tu edad, uno compra escaleras para subir al cielo a cosechar estrellas.

Don Chicho miró a la niña de arriba abajo.

—Van para la poza a bañarse, supongo. —Margot asintió—. Pues para allá vamos todos —exclamó, con aire festivo—. Dile a Lucía que busque bañadores para los muchachos, de los que dejaron mis nietos el verano pasado. Esos deben quedarles.

La niña corrió a avisar. Lucía salió alborotada.

—Con su estado de salud —protestó—, ni sueñe con irse a resfriar al manantial, don Chicho.

—Calma, mujer —replicó el viejo—. Ya sé que he caído en la zanja lastimado y tú estás para consolarme. Pero ¿acaso desconoces que no hay nada mejor para regenerar los nervios que unos baños helados? A esta hora y con esta humedad de aguacero, la poza debe tener el agua más fría que el filo de un cuchillo.

El asunto quedó zanjado y el grupo armó el convoy. Antes de partir, Juan Robles, mirando las mujeres, preguntó quién cuidaría al nieto de don Chicho.

—La soledad —respondió el viejo—, fiel amiga de los ladrones. Si acaso se despierta, al no encontrarnos en casa, tal vez el pobre Shawn piense que Dios ya ha levantado a sus escogidos.

—No se preocupe, jovencito —intervino Lucía—, a esta hora apenas entran en la casa los ladridos de los perros.

El grupo salió del cobertizo y entró en la noche. Lucía iba delante, con un traje de baño que apretaba casi hasta el estallido su cuerpo fornido pero armonioso, sosteniendo una lámpara con el tubo trizado, sucia de gas y uno de los lados tiznado de hollín, cuya luz amarillenta la atrapaba como una luciérnaga en una bola de cristal. El teniente, al verla, con una risita de picardía, comentó por lo bajo:

—Vaya, don Chicho, al final de la vida le tocó andar por un lecho de rosas.

—¿Esperaba, teniente —respondió el aludido—, que con tantas y tan delicadas flores que crecen por estas montañas, iba a andar sobre abrojos?

—Pero, con todo, quien le escucha delirar, juraría que aún quedan lágrimas para la alemana —atacó el anciano.

Don Chicho suspiró, con el aire desvalido de la persona que saca la cabeza por la ventana de una casa incendiada, como si deseara aspirar el humo de la creciente oscuridad.

—¡Ah, teniente! —murmuró—. Remuevo esas cenizas y ahí aparece su rostro. De no haber llegado Lucía, a esta hora andaría cubierto de harapos gritando su nombre por todos los rincones de Alemania.

Caminaron por espacio de diez minutos por un sendero terroso que, tras salir del costado izquierdo de la cabaña, atravesaba un prado y se desprendía zigzagueante por una cuesta hasta el túnel oscuro que formaba el entramado de ramas de unos árboles gigantescos, de donde brotaba el rumor líquido, pedregoso, del agua que discurre por un colchón de rocas y raíces. A la entrada del nido de oscuridad, Margot se echó a correr lanzando gritos jubilosos. Los niños la siguieron; se escucharon chapoteos, risas, carcajadas. Cuando la lámpara los encontró, sus cabezas chorreantes parecían sapos cubiertos de aceite, posados en la superficie de una roca; tiritaban de frío y les castañeteaban los dientes.

El farol difundía una sombrilla de luz pálida, que desenterraba de la oscuridad una profusión de ramas cruzadas por bejucos, de cuyos huecos salía el estridente murmullo de las criaturas de la nocturnidad. Lucía lo colgó de la rama de un arbusto. Luego sostuvo a don Chicho por el antebrazo. Saltando de piedra en piedra, resbalando a veces, ambos se fueron sumergiendo en el agua, tensos los músculos, sintiendo las punzadas frías del líquido.

—Después de un rato ya no se siente, don Chicho —dijo Edy Polanco, quien lucía desentumecido, zambulléndose como un delfín en la parte más honda.

—Para nunca haber ido a la playa, nadas muy bien, muchacho —se admiró el viejo, la voz rota por el frío, abrazado a su mujer por la espalda.

—Aprendimos en una cañada que pasa por nuestro barrio —explicó Juan Robles con la respiración entrecortada, sacando la cabeza con un chapaleteo. Margot le lanzó un chorro de agua a la cara y los niños empezaron a guerrearse.

Junto a la lámpara, velando, los observaba el teniente, con una sonrisa infantil en los labios.

De regreso a la cabaña, hacia las montañas, el cielo refulgía cada segundo, como si un farol iluminara las nubes desde el cenit. Un relámpago agrietó la lejanía, se escuchó el galope de un trueno y gruesos goterones empezaron a tamborilear, como granos de sal, sobre el techo de zinc del cobertizo.

Margot, aún en bañador, con un atado de sábanas en el regazo para protegerlo de la lluvia, guió a los exploradores hasta el granero, una mole de tabla de palma, techada de yagua, levantada a pocos pasos detrás de la cabaña. Los muchachos pernotarían allí en dos camas sándwiches, colocadas a cada lado de una montaña de mazorcas de maíz, cuyos granos amarillos y rojizos, bajo el influjo de la lámpara, fulguraban como una nube de luciérnagas.

—Si yo fuera ustedes, dormiría con la puerta entreabierta, para evitar el olor a trancado —recomendó la muchacha antes de salirse de la luz de la lámpara, que colocó en el piso de madera con el cuidado con que plantaría una flor. Tendió las camas con cierto esmero, nivelando el colchón con golpes de masaje, y luego salió y se hundió en la oscuridad llena de rumores del patio—. ¡Buenas noches! —les gritó de lejos, y su voz entró acompañada de una ráfaga de viento que tiró la puerta y la incrustó con violencia en el marco.

Edy Polanco colocó la mochila en el suelo, junto a la lámpara; bostezó largamente, estirando los brazos, retorciéndose, aspirando el polvillo seco que embalsamaba el aire y dejaba un regusto terroso en el paladar. Luego se dedicó, como Juan Robles, a secarse con una toalla de un rosado desvaído que olía a lavanda, tranquilo el semblante y sonriendo interiormente con la complacencia de quien llega de recorrer el mundo y al fin le toca reposar.

—Nunca había vivido un día tan largo como éste —dijo, tras tenderse en el colchón. Entrelazó los brazos bajo la cabeza, se desperezó contrayendo los músculos de la espalda, y después de aspirar profundamente, dejó que el cuerpo se relajara, se apartara de él, lo abandonara en sus pensamientos. Juan Robles, recostado en la cama contigua, le respondió con un bostezo, y acurrucado bajo la tibieza de la sábana, dijo, como si hablara consigo mismo: «Todavía retengo en la nariz el olor de la puta».

Edy Polanco, desviando de golpe sus pensamientos hacia la ruta que marcaba su amigo, pareció revivir; su cuerpo regresó a su alma ciñéndola con la tibieza de la sangre. Se volvió hacia Juan Robles imaginando su expresión satisfecha detrás de la montaña de maíz, cuya sombra, proyectada en el techo, danzaba al ritmo de la llama de la lámpara.

—La mía era de San Juan... —suspiró.

—Y dale con lo de San Juan —se quejó Juan Robles—. Cualquiera diría, por la forma en que lo dices, que las mujeres de esa región son la última Coca-Cola del desierto. ¿Te lo hizo, acaso, mejor que la Tota, la nieta del bombero; o que Ramona, la que te dio el puñetazo en el ojo en el baño de las mujeres de la escuela Eugenio Dechamps, el día que entraste allí por error?

Edy se incorporó de pronto, con el ímpetu de quien esquiva un objeto que de lo alto va directo a su cabeza.

—¡Ey! —se defendió—. ¡Lo de la Tota y Ramona no pasó de puros magreos, se dejaron quemar y las quemé, tú lo sabes muy bien!

—¡Yo! —exclamó Jota, incorporándose también—. Si mal no recuerdo, en el *dugout* del play de Las Colinas, tú le contaste otra cosa a los *tígueres* de la calle 10.

—Bah, fue pura pedantería. Si Félix hubiera sabido que yo era virgen, lo habría gritado a todo pulmón en el cine. —La mirada de Edy pareció de pronto traspasar la pared, como si sus ojos buscaran en aquel lugar acontecimientos ocurridos en otro espacio y otro tiempo—. Con la Tota —confesó— ocurrió detrás de una puerta, mientras sus hermanitos jugaban a las canicas en el patio. La boba se echaba a reír cada vez que se lo agarraba. Lo tenía gordito y suave como pan de dos tetas. Es que me hace cosquillas, me decía, sacudiéndose como una gallina. Y Ramona, Ramona fue peor. Imagínate, en el callejón del tullido. ¿Has visto la hoja de zinc desprendida por un lado por donde los muchachos se cruzan hacia el solar baldío? Pues por ahí fue. La tiré al suelo, sobre la grama. La Ramona, de miedo, se apretaba como una piedra. Te juro que hubiera sido más fácil y mucho más divertido metérselo a una de las estatuas del Ayuntamiento.

—Entonces la de esta mañana fue la primera vez. Vaya, vaya.

—Ya no me da pena admitirlo —dijo Edy, volviéndose a recostar en la cama con aire concentrado—. ¿Sabes lo que me hizo? Me desnudó suavecito, respirando sobre mí. Yo recibía su aliento caliente lleno de miedo. ¿Sabes de qué me acordé, Jota? De Batica, la que pone inyecciones, la vez que tía me llevó a que me pusieran vitaminas. Pero después, cuando la vi soltarse la toalla, todo el miedo se me salió del cuerpo y se me pegó en el corazón; casi no podía respirar. Y luego, ¿de verdad quieres que te lo cuente, Jota? Bueno, ella, tú sabes, se puso a jugar a las muñecas con mi cosa.

Juan Robles se echó a reír. Edy Polanco, sumergido en sus recuerdos, entornados los párpados, con el ardor voluptuoso que inflamaba su juventud cuando contemplaba las revistas pornográficas, continuó:

—Sacó una caja de debajo de la cama, desamarró la cinta rosada que la envolvía, la destapó y extrajo de ella varios conjuntos de ropa de muñecas; empezó a vestirlo, mimosa, como hacen las niñas en esos juegos, tú sabes —Edy suspiró—. Yo estaba a punto de reventar.

—¿Y qué pasó después? ¿Qué? —se desesperó Juan Robles.

—Nada.

—¡Nada! —exclamó Juan Robles. Los muelles de la cama crujieron.

—Bueno —dijo Edy—; sucedió lo que tenía que suceder.

Juan Robles se tranquilizó.

—Imagino lo mucho que te gustó —dijo, tras bostezar.

—Tanto, que en caso de llegar a casarme, creo que sin ese jueguito sería infeliz.

—Ahora entiendo lo de San Juan. Esa mujer te asfixió.

Juan Robles apartó la sábana y se apeó de la cama con aire agotado; rebuscó en el bolsillo de su pantalón, doblado al pie de la cama, y extrajo una hoja de papel. Su sombra fue creciendo, agigantándose hasta colmar el recinto, según sus pasos lo fueron acercando a la lámpara. Se inclinó y, tras abrir el pliego de papel en el piso, después de evaluarlo por unos segundos, le preguntó a Edy si deseaba ver el mapa del cual le había hablado por el camino. Edy se levantó pesadamente y se puso en cuclillas junto a él.

—Esta es la entrada de Las Canelas —explicó Juan Robles—, y por este camino, pasando por esta plantación de tabaco y cruzando luego este canal de riego, está la casa del Manchao. Reinaldo me aseguró que, de los cuatro hombres que mataron a mi papá, es el único que queda vivo. A dos de ellos los destriparon en una pelea en La Joya, y al otro, apellidado Macusín, un desconocido le abrió el pecho a plomazos.

—Y cómo piensas matar al Manchao, Jota.

El semblante de Juan Robles se tensó de repente.

—¡Como ellos mataron a mi padre! —sentenció con los dientes apretados—. ¡A puñaladas!

El día que le entregó el mapa, Reinaldo le reveló que el Manchao, luego del pleito en Navarrete, había quedado paralizado de la cintura para abajo.

—Ya no tendrás que matarlo, Jota —le dijo—. Para un cuchillero, la imposibilidad de caminar es lo mismo que estar muerto.

—Pero él aún puede ver la luz del sol.

—Sólo espero que el desquite no te seque el alma, muchacho.

Juan Robles se lo contó a su amigo.

—¿Y aún así lo harás? —preguntó éste.

El muchacho lanzó un largo suspiro. Desde que tuvo el mapa, lo empezaron a incordiar las pesadillas. En la más recurrente, él llega al paraje de Las Canelas, hace el recorrido señalado en el mapa, y encuentra al Manchao en la galería de su casa, sentado en una silla de ruedas, sin la corpulencia que él le recordaba, más bien escuálido, casi en los huesos. Juan Robles, dominado por el odio, se arroja encima de él y lo cocina a puñaladas. Pero nunca logra quitarle la vida. Y el Manchao se burla de él y lo invita a terminar. «Ven, aprende a matar a un hombre, pedazo de mierda, para que sepas lo difícil que es». Cuando vuelve a intentarlo, se despierta de súbito, los ojos arrasados en lágrimas, los puños apretados, presa de la impotencia.

—¡Lo haré aunque sea lo último que haga en esta vida! —sentenció.

Edy Polanco gesticuló negativamente, mirando a su amigo. Después regresó a la cama, en silencio. Juan Robles, levantando la luz a la altura del pecho, sopló la mecha por la boca del tubo, y recibió en la cara la emanación caliente de la combustión de kerosén. La llama resistió un poco pero luego se apagó con un chisporroteo, y la oscuridad que la luz apartaba con destreza de árbitro, se anudó de golpe como dos luchadores de sumo, e inundó la habitación.

Caídos los párpados, florece el mundo del dormido, un hueco abierto entre lo que fue y lo que será, presente perpetuo, iluminado por esa lámpara que guía al ciego por las sinuosidades de las sensaciones. La lluvia que se derriba de los altos muros de la noche se filtra por el pensamiento; sobre el territorio yermo, más cerca del olvido que del recuerdo, al borde de la memoria como al borde de un precipicio, el sonido del agua resucita el techo, baja en melodiosa cascada y el granero, antes oculto en el silencio, regresa a su forma sólida, compacta; la dentadura del ruido mastica el camino como si masticara arena, levanta una pared, luego otra, pone con tintineos de canicas los techos y, al fin, deja a su paso la cabaña, el cobertizo, y empieza a urdir hoja a hoja, el gran concierto que es la gran caoba, en cuyo seno se esconde, crujiente, la camioneta, delimitada por los puntos gorgoteantes que saltan como langostas en el metal, en los cristales. A través del sonido, melancólico, agobiado por el aguacero que rastrilla el fieltro del sombrero, avanza Roger McGregor. Se pega, como un cuadro, a las tablas del granero. Los ojos velados por la cortina de agua que se derrama del techo. Camina, con sigilo de lagarto, hasta el borde de la pared; saca su "Colt". El corazón en vilo. Con un veloz movimiento de cabeza, echa un vistazo y descubre que la fachada del granero está desprotegida.

"Los asesinos de mi padre duermen confiados —piensa—; los cuatro están allí, lo presiento. Me encargaré de que jamás los encuentre el sol".

IV

Calado hasta los tuétanos por los golpes del vendaval, de espalda a la puerta del granero con el revólver en alto, el cañón cruzado frente al rostro como si besara una vela, Roger McGregor, atormentado por un chorro de voces confusas que desde su interior le advierten que tenga cuidado, que aquella quietud podría bien ser una emboscada, agitó la cabeza con el objeto inconsciente de aclarar sus pensamientos. Resuelto, se volvió de súbito y de una patada sacudió la puerta, encajándola más en el quicio. El ruido del golpe serpenteó por las tablas como un latigazo. Edy Polanco se sobresaltó, abrió los ojos con la incertidumbre de quien cree haber despertado dentro de las corrientes encontradas de una pesadilla. El ruido, que volcado de las paredes era ya un pozo en el suelo, un pozo erizado de chillidos, le espesó el miedo, el pavor. Su corazón era un puñado de hormigas que se dispersaban por todo su cuerpo clavando con sus patas diminutas espinas eléctricas. Se arropó la cabeza y se encogió como una oruga, sin poder alejar de su piel el resplandor del ruido.

—¡Jota! —gritó, más con la intención de conjurar el pavor que de llamar la atención de su amigo. En ese instante sintió que los dedos de una mano garrapateaban velozmente a lo largo de sus piernas, encima de la cobija, y caían como una pelota al piso, deslizando un carraspeo de uñas por entre el murmullo del aguacero. Edy no soportó más. Apartó la sábana, se irguió, corrió en dirección a la cama de Juan Robles, y tropezó con la montaña de maíz. Nervioso, agitado, como un potro que trata de escapar de la zanja en donde ha caído, Edy Polanco, arañando las mazorcas, escaló la montaña y se internó, sin aliento, en la cama de su compañero.

Juan Robles despertó sobresaltado.

—¡No dispare, señor McGregor! —tembló, con los ojos llenos de oscuridad.

Edy le robó toda la cobija y se envolvió en ella como una crisálida. Juan Robles, los sentidos embotados, tanteó el bulto tembloroso, rígido, que se sofocaba a su lado. «¿Qué pasa, Edy?», dijo, al reconocerlo.

—¡Una culebra! —logró señalar el muchacho, la voz ahogada—; ¡creo que en el cuarto hay una culebra!

Juan Robles, no bien lo escuchó, saltó de la cama, abrió la puerta de un empujón y salió disparado del granero en dirección a la cabaña. Edy, ante aquel desamparo, se salió de su envoltorio y, a grades trancos, como si pisara brasas, penetró en la lluvia. Los dos muchachos, dando voces, golpeando la puerta, despertaron a la familia. Las luces del cobertizo se encendieron, sonaron murmullos, carraspeos, el llanto de un niño; la puerta se abrió con un chirrido de bisagras y, vestido con una franela de algodón del largo de una bata, desperezándose, restregándose los ojos, apareció don Chicho.

—No me digas, muchacho —dijo, dirigiéndose a Edy, en cuyo semblante se vislumbraba la hinchazón del desasosiego—, has visto tanta agua esta noche, que ya perdiste el deseo de ver el mar.

Edy Polanco palideció como si hubiese recibido la noticia más terrible de su existencia. Juan Robles intervino: «Hay un animal en el granero, don Chicho, que no nos deja dormir. Edy cree que se trata de una culebra».

De la oscuridad instalada a la espalda del viejo, brotó un grito de mujer: «¡Una culebra, Virgen de la Altagracia!»

—Pobrecita —dijo don Chicho, desentendiéndose de la pululación nerviosa de las mujeres, que sentía hervir a sus espaldas—, le habrá dado frío con este temporal. ¡Nada de hacerle daño, pequeños! —exclamó, alzando la voz—. Sin culebras no habría cacaotales. Vamos a cantarle una canción de cuna para ver si se duerme primero que ustedes, ¿les parece?

Los niños se miraron a la cara, desconcertados. El viejo se perdió en la oscuridad, masculló unas palabras que llegaron hasta los niños como zancudos, un halo de luz floreció, dibujó, movedizo, parte del mobiliario, y, tras él, sosteniendo una linterna en una mano y un paraguas en la otra, salió el ingeniero Moronta.

Los muchachos se guarecieron bajo el paraguas y, al ritmo de los pasos del viejo, cruzaron por los barrotes líquidos que la linterna perforaba, hasta detenerse a un palmo de la puerta del granero. Don Chicho entró, el recinto resplandeció como los ojos de un gato, dejando al descubierto la multitud de agujeros de las paredes, por donde brotaban esquirlas de luz.

Abajo, entre los pies descalzos, la corriente helada buscando su destino en el lecho de guijarros, y arriba, el gorgoteo tumultuoso sobre el paraguas. Los niños, pegados como siameses y tiritando de frío, seguían con viva curiosidad la sombra del viejo que como un manto flotaba por las paredes. Pasado un momento, la linterna los encegueció y una voz les ordenó entrar.

—Asunto resuelto, muchachos —dijo el viejo con un chorrito de risa en la boca—. No se trata de culebras, sino de ratas. La culpa la tienen ustedes, por cambiármeles el menú. —Levantó la mochila, agarrándose la incomodidad de la espalda con una mueca de dolor, y mostró a su propietario un agujero deshilachado en un extremo, de donde afloraba el muñón de un embutido—. Y yo que pensé que los roedores de mi granero eran vegetarianos —se rió don Chicho—. Me he cansado de ponerle queso y salchichón en las ratoneras, y ni caso que le hacen. Hasta ahora se conformaban con maíz. Al menos sé que mañana no se desayunarán a costa del alimento de mis gallos. ¿De dónde sacaste ese brazo de salchichón, muchacho?

Edy Polanco bajó la cabeza, ruborizado.

—De la nevera de mi casa —explicó—. Era por si nos daba hambre por el camino.

Don Chicho le palmeó el hombro.

—Tranquilo —le dijo—; yo, en tu lugar, habría hecho lo mismo. Hasta los pájaros del monte se llenan el buche antes de emigrar. —Sacó la caja de fósforos, raspó uno y, tras ponerse en cuclillas ante la lámpara, retiró el tubo y le dio fuego a la mecha. Por el color que despidió la llama, los muchachos se sintieron en el interior de una naranja—. Déjenla así —sugirió— y, antes de cerrar los ojos, mírenla con atención, pues la luz que se manifiesta en los sueños está hecha del recuerdo de la luz que miramos despiertos. Buenas noches, muchachos; mañana es el gran día.

El viejo se alejó con la mochila a la espalda. Antes que la oscuridad, lo borró la seda del aguacero.

La lluvia dejó tras de sí un silencio profundo de fosa, en el que se fue vaciando el canto de los gallos. A lo lejos se escuchaban bramidos y voces y cascos de caballos: «¡Vaca vieja, mañosa! ¡Vamos, media luna! ¡Corre, Motona! ¡Esta cebúa!» Juan Robles se despertó incordiado por el deseo apremiante de orinar. La lámpara chirriaba, a punto de apagarse. Se condujo, haciendo muecas, hacia la puerta. La abrió con gran ruido y, dando saltitos, contoneándose, logró bajarse el calzoncillo. Un arco cristalino se hundió en la débil oscuridad. Aliviado, se desperezó, alzando los brazos, y poco despúes sintió a su lado a Edy Polanco, con los mismos temblores.

Escucharon pasos, la figura desgarbada de don Chicho se delineó ante ellos.

—Para ser de la ciudad salieron madrugadores, muchachos —dijo—. Arréglense y vengan a desayunar. El tren que los llevará a su destino los espera en la estación.

El tren era un burro flaco, largo de tronco, con una oreja gacha y ojos grandes y tímidos, que el viejo había hecho amarrar a una de las columnas del cobertizo.

—¿Verdad que parece un vagón, muchachos? —se burló don Chicho, al mostrarles el medio de transporte que les había conseguido.

Edy Polanco lo rechazó con una expresión desconfiada.

—Yo no sé montar a caballo, me da miedo caerme —se quejó.

—Más daño te harías al caer de encima de una mujer, muchacho —lo tranquilizó don Chicho.

Juan Robles, que al salir del granero se quedó un rato fascinado no tanto con el paisaje que había nacido con el sol, sino con los hombres que sonando fuetes y a voz en cuello arreaban las vacas hacia los potreros montados en unos ejemplares dignos de las estatuas ecuestres, mirando el burro con repugnancia, fue más exigente:

—Preferiría un caballo de verdad, grande y fuerte, si no es mucha molestia.

El viejo, sonriente, señaló las montañas.

—Como están esos caminos, nada mejor que un burro. Un caballo se quedaría clavado en el lodo como una estaca.

Los niños se encogieron de hombros y, después del desayuno, resignados, se acercaron al borrico enardecidos por el ansia de aventura.

—¿Quién es el vaquero? —preguntó el viejo.

Lucía y Margot reían en el vano de la puerta. El teniente, a quien le habían encargado la tarea de guiar a los niños hasta el camino real, gesticulaba negativamente desde la torre de una yegua.

—Él es el vaquero —acusó Edy, señalado a su amigo.

Juan Robles no se defendió, aceptó la ayuda de don Chicho y de un salto se subió en el burro como solía hacerlo en los muros de las casas en obra cuando jugaba a *camán ahí*. Era la primera vez que montaba y era la primera vez que algo tantas veces imaginado por él brincaba como una rana hacia el lago de la realidad y se dejaba escuchar, oler, palpar. La dureza del aparejo, la flacidez de las riendas en la mano, el cuello largo y sumiso del animal allá adelante, eran sensaciones que ahora se unían con cierta desazón a la imagen que él se había hecho de Roger McGregor, como si el vaquero hubiese perdido parte de su magia.

Juan Robles, la espalda erguida, apretaba con los talones las costillas del burro que se movía como un techo a punto de desplomarse. A Edy lo tuvieron que convencer las mujeres de que ocupara su lugar en el vagón. Don Chicho despachó el tren con una nalgada, éste trotó con cierto donaire, pero a los pocos pasos se detuvo. Los jinetes eran una bola de nervios. Don Chicho, pasándole un garrote a Juan Robles, le dijo: «Este es el pedal del acelerador, muchacho. Si se para, le das en el cogote, pero antes echa los pies hacia atrás, si no quieres perder las canillas».

—¡Muerde! —se asustó Edy.

—Como un niño de pecho —respondió el ingeniero.

—Síganme —pidió el teniente, adelantando la yegua.

Ansioso pero vacilante, Juan Robles descargó el primer garrotazo. El burro volvió la cabeza y lanzó una dentellada desacoplada, con la intención tal vez de mostrar la dimensión de su caja dental, de incisivos grandes, sucios y cuadrados. Arrancó con unos trotecitos incómodos, mientras mascaba el freno como un chicle.

Al llegar a la entrada del camino real, un estrecho sendero delimitado por mallas espinosas, erizadas como lanzas, y alambradas desportilladas, ya los jinetes lucían confiados, tranquilos. El teniente, animándolos, les dio las últimas instrucciones.

—Sólo tienen que bajar y subir tres veces y ahí estará el mar.

Edy Polanco se alegró.

Juan Robles fustigaba el burro, agitaba las riendas y le gritaba, sin conseguir que el animal avivara su pasito quedo, molesto y pegajoso en el lodo.

Alcanzada la cima de la primera colina, contemplaron a todo su sabor mesetas hirvientes de vegetación, espesas y azuladas, sobre las cuales resbalaban los rayos del sol como sobre una espada; hacia la parte por la cual el camino real ascendía, entre bosquecillos enmarañados, surgían peñas resquebrajadas, surcadas de barrancos, de un amarillo intenso.

Aquellas montañas ofrecían un espectáculo continuo y mudable, ya vestidas de bosques apretados en un extremo, ya reverberantes de arbustos en el otro.

Los jinetes, cocinados por el sol, fueron dejando atrás casitas solitarias, de madera sin pintar y zinc acanalado, rojo por la herrumbre, de donde a veces salía el grito de un niño o el canto de un gallo. No bien bajaron la segunda colina, encontraron un pequeño cementerio, repleto de cruces y lápidas de piedra, en cuyo centro vieron un árbol de una altura tan impresionante, que ambos a la vez soltaron una exclamación. Al pasar por la entrada del camposanto, escucharon unos gritos de llamado, y divisaron la figura de un hombre que salía de debajo de las sombras del árbol, como un pajarraco desvalido, corriendo hacia ellos.

—¡Bachilleres! —vociferaba el hombre—; vengan, bachilleres. Échenle una mano a la historia dominicana.

Juan Robles y Edy Polanco, desconcertados con aquel extraño pedido, desmontaron y, llevando el burro de la bridas, fueron a su encuentro. El hombre, entrado en años, tenía el rostro colorado, unos bigotes amarillos, y el pelo, blanco, le raleaba hacia la coronilla, encima de la cual se había colocado un pañuelo mugriento, chorreante de sudor. Sus anchas y fuertes manos estaban sucias de lodo, como si hubiese estado cavando con los dedos una sepultura. Se identificó como Franco Bonterra, profesor de Filosofía y Letras e investigador de la Universidad Católica, y rogó a los niños que lo ayudaran a levantar la piedra de una lápida, bajo la cual, según había averiguado, se hallaba la tumba del poeta Manuel "Meso" Mónica.

—Estoy escribiendo un libro, que titularé *Tumbas*, con datos biográficos, crónicas y fotos de las sepulturas de los escritores dominicanos. Pero guárdenme el secreto, para que no me roben la idea.

Los muchachos se encogieron de hombros. El profesor los cuestionó con una mirada severa.

—¿En la escuela ya les hablaron de Meso Mónica?

Sacudieron la cabeza. El profesor Bonterra les explicó que se trataba de un negro de un barrio pobre de la capital, que aunque no sabía ni leer ni escribir acudía como oyente a algunas cátedras de la universidad Santo Tomás de Aquino, y por su capacidad de improvisación lo llamaban el Maestro. Les contó que un día algunos estudiantes de la universidad observaron al poeta cabizbajo y le preguntaron qué le ocurría.

—Mónica respondió que no había nada que comer en su casa —dijo el profesor Bonterra—. Los estudiantes le pidieron que improvisara unas décimas con la promesa de ayudarlo. Mónica recitó:

Aristóteles decía,
filósofo muy profundo,
que en el redondez del mundo
no se da cosa vacía.
Miente su filosofía
según lo que a mí me pasa:
Él no sentara tal basa
y lo contrario dijera
si hoy el mediodía viera
las cazuelas de mi casa.

Los muchachos se animaron y lo siguieron. Juan Robles preguntó que de dónde, específicamente, había obtenido el profesor noticias de que la tumba del poeta Mónica se hallaba allí, en ese lugar perdido en el monte.

—En los registros civiles, actas de nacimiento, de defunción... —respondió el profesor—. He metido tanto las narices en esos papeles que de oler los pliegos adivinaría la fecha en que fue consignado el documento con una precisión que deslumbraría a un mago.

Al pasar bajo el árbol, el profesor Bonterra lo identificó como una ceiba, planta ya muy escasa en la flora nacional.

—Cerca de ella uno se siente como una hormiga, ¿verdad bachilleres? —dijo el profesor. Los niños se detuvieron a contemplarla un instante. Edy Polanco, después de sacar su mirada de entre las ramas enormes de la ceiba, dijo:

—¿Por casualidad, profesor, ha visto usted por aquí el mar?

Franco Bonterra le dirigió una mirada de extrañeza.

—Usted, jovencito, pregunta por el mar con si se tratara

de un perrito extraviado. El mar está en todas partes, ¿acaso olvida que vivimos en una isla?

—Yo, profesor —replicó Edy con melancolía—, me avergüenza decirlo, nunca lo he visto. Mi amigo y yo hemos venido de Santiago, a través de las montañas, para que yo pueda ver el mar.

—*Quien no ha visto el mar tendrá menos cuerdas en su lira*, dijo Balzac. Pero, bachilleres, ¿por qué no fueron a ver el mar por el lado civilizado de la isla?

—No teníamos dinero —respondió Juan Robles.

—Bueno, el mar está por ahí —dijo el profesor, señalando con desgana una meseta—. Aunque no estoy muy seguro. El mar es una cosa tan obvia en el paisaje de nuestro país, que a veces uno lo mira y no lo ve. ¡Ya llegamos, muchachos! —exclamó alegre—. Esta es la piedra. Vamos a meterle estos palos que nos servirán de palanca y con la ayuda del burro el trabajo quedará completado. Miren a su alrededor, lean esas lápidas: «Antonio Mónica», «Lucía Mónica», «Sebastián Mónica». ¡Todos son apellidados Mónica! Los registros civiles y funerarios no se equivocaron. ¡Pongamos manos a la obra, bachilleres! ¡Ardo en deseos de saber si mis conclusiones están en lo correcto!

Tan pronto consiguieron voltear la lápida, el profesor Bonterra, demudado el rostro de emoción, sacó del bolsillo del pantalón una espátula, y como contra un animal al que quisiera abrir en canal con un cuchillo, se lanzó sobre la barriga de la piedra y comenzó a remover, la lengua afuera y respirando con dificultad, el barro que cubría las letras del epitafio.

Los muchachos, expectantes también, lo veían trabajar con el cuerpo tenso y las manos ansiosas. Tan pronto el profesor descubrió las primeras letras del nombre, «Manu», su rostro empalideció, de su boca se precipitó una risita nerviosa, y en sus ojos se posó el brillo alegre de quien descubre un tesoro. El nombre completo brotó del lodo como una flor a los ojos del grupo, y el profesor empezó a carcajearse de felicidad.

—¡Manuel Mónica! —gritó—. ¡Mi instinto no me falló! ¡He descubierto la tumba del poeta!

Y cuando los muchachos, tocándole los hombros, le dijeron que leyera otra vez la inscripción, que se había equivocado, que en lugar de «Manuel» decía «Manuela», el profesor, presa de espanto, sacudió la cabeza como si hubiese recibido un mazazo, entretanto se cubría la cara con las manos enlodadas. Casi enseguida, visiblemente impaciente, con aire preocupado y manos temblorosas, fue y sacó de una mochila que tenía guardada a la sombra de una cruz un martillo y un cortafrío, y, sin pensarlo dos veces, decidido, removió la última «a» de «Manuela», con lo que la pobre difunta quedó convertida en Manuel, lo que lo hizo sosegarse.

Reparando en los niños que lo miraban como si acabase de cometer un crimen, los llamó a su lado y les dijo:

—¿Creen ustedes, bachilleres, que una simple, insignificante, asquerosa «a», puede echar a perder dos años de trabajo, dos años de ardorosa investigación?

Los muchachos, asombrados con todo cuanto acababan de ver, no respondieron. El profesor Bonterra, interpretando aquel silencio como un gesto de aprobación, continuó:

—A veces, bachilleres, ¡fíjense cómo es la Literatura!, los errores voluntarios o involuntarios son los que dan fama a los libros. ¿Quién quita que en el futuro, otro investigador con más recursos del que yo dispongo, llegue al extremo, ¡poco probable!, de exhumar los restos de Manuel "Meso" Mónica, encontrándose en cambio con Manuela Mónica? ¿Quién puede adivinar, desde donde nos encontramos ahora, que el señalado investigador, mediante un enjundioso ensayo, delate mi error, generando con ello un inusitado interés por mi humilde obra?

Créanme, bachilleres —continuó diciendo Bonterra—, nosotros ponemos las frases de cuanto se escribirá en el futuro, somos una puerta, un poco deteriorada, admitámoslo, pero una puerta al fin y al cabo.

—¿De verdad, maestro, cree usted todo eso? —se endureció Juan Robles, con un gesto de desafío en el rostro. El profesor se quedó pensativo. Miró la lápida y bajó la cabeza. Luego dijo:

—Saben una cosa, bachilleres. No voy a fotografiar esta tumba. Esta tumba no aparecerá en mi libro. Estoy arrepentido. Sería como mentirme a mí mismo, como estropear todo el trabajo que he venido realizando durante tanto tiempo. Perdónenme. Soy sólo un viejo empecinado en encontrar lo que, como ha quedado demostrado, el destino infamemente me niega. ¡Que Meso Mónica siga siendo un mito, como debe ser! Gracias, compañeros. La presencia de ustedes me ha disuadido de cometer una bajeza.

Los muchachos se montaron en el burro apoyándose en una de las criptas y reemprendieron la marcha. El profesor Bonterra, antes de que alcanzaran la salida del cementerio, les gritó:

—Cuidado si en lugar del mar, encuentran una fata morgana. —Juan Robles y Edy Polanco no le contestaron. El profesor volvió a gritar—: A propósito, existe una manera maravillosa de ver el mar. Está en Chile, en la tumba del poeta Vicente Huidobro. En su epitafio se lee: «Aquí yace el poeta Vicente Huidobro / Abrid la tumba / Al fondo de esta tumba se ve el mar».

—Ese hombre está loco —dijo por lo bajo Edy Polanco.

—De remate —respondió Juan Robles.

El sendero, encharcado, dificultaba el ascenso. El burro acezaba y resoplaba, clavando con firmeza sus pezuñas en el barro. Edy Polanco, fija la mirada en la cima de la colina, pensaba que ya desde allí, según había asegurado el teniente, se veía el mar. A poca distancia de la cima, Edy no soportó más, se tiró del burro y corrió camino arriba, casi a gatas, por el fango. Al llegar, gritó:

—¡El mar!

Juan Robles, encima del burro, vio la silueta de su amigo recortada contra los rayos del sol, en silencio, meditabundo. Se apeó del animal y continuó la travesía a pie. Se paró al lado de Edy y contempló el paisaje. Macizos montañosos, la superficie plateada de un río, y más allá de un valle salpicado de plantaciones, seguido de un pequeño poblado, se mecía, inmenso, el mar. Edy, mirándolo a la cara, le dijo:

—Estás llorando, Jota.

Juan Robles no respondió. Extrajo del bolsillo el mapa, lo abrió ante él y se quedó contemplándolo por espacio de un minuto, en el curso del cual, casi sin advertirlo, se dedicó a recordar los acontecimientos que había vivido desde su salida con Edy de Santiago, camino al mar. Luego, alterado el rostro, rasgó el mapa en pequeños trozos, que fue esparciendo por el viento.

—Ya no quieres matar al Manchao, ¿verdad, Jota?

Juan Robles bajó la cabeza. Su cuerpo, tenso, trepidaba.

—¿Crees que mi padre se enojará? —preguntó.

Edy, poniéndole una mano en el hombro, respondió:

—Te aseguro que no, Jota.

Roger McGregor, desde una colina, contempló el sol poniente hundiéndose en el horizonte. «¡Qué inmenso es el mundo!», exclamó, ensimismado; espoleó su yegua y emprendió el regreso a casa al galope.

****

Fin

www.ingramcontent.com/pod-product-compliance
Lightning Source LLC
Chambersburg PA
CBHW030534020726
47494CB00004B/1355